Wir segeln dem Teufel den Schwanz ab

Hans Naumann

Wir segeln dem Teufel den Schwanz ab

Spannender Skipper-Roman

Die höchste Form des Glücks ist ein Leben mit einem gewissen Grad an Verrücktheit.
Erasmus von Rotterdam

Dieses Buch ist meinen Segelkameraden gewidmet, an die ich denke, wenn ich traurig oder glücklich bin. Es trägt überwiegend autobiografische Züge. Die Crew ist real, auch viele Törn-Passagen. Lediglich die Handlung um Afrah ist fiktiv, könnte aber leider jederzeit so stattgefunden haben.

Bibliografische Information der Deutschen Nationalbibliothek:
Die Deutsche Nationalbibliothek verzeichnet diese Publikation in der Deutschen Nationalbibliografie; detaillierte bibliografische Daten sind im Internet über http://dnb.dnb.de abrufbar.

Illustration: ***Hans Naumann***

Herstellung und Verlag: BoD – Books on Demand, Norderstedt
ISBN: ***978-3-8391-8840-8***

Inhalt

PROLOG

Ich sitze an der Mole des schwedischen Hafens Malmö am Öresund. Es wird langsam Sommer. Ein dominanter Ostwind treibt die Yachten aus dem Hafen in Richtung Ostsee und Dänemark. Der Morgenhimmel hat eine zarte Bläue, ein blasses Königsblau. Es fröstelt mich, nicht wegen des Windes, das bin ich gewöhnt. Es ist der Gedanke an meinen letzten Herbsttörn in der Adria, der mich nicht loslässt. Damals ist mir meine Fantasie beinahe zum Verhängnis geworden.

Ich bin von Kindesbeinen an der See verfallen. Als mein Jugendtraum endlich real wurde und ich als Skipper viele Meilen auf See sein konnte, wusste ich: Das ist es.

Nicht alle Menschen können ermessen, welche Faszination das Meer ausüben kann. Sei es in all seiner Schönheit, sei es mit seinen unvorstellbaren Gewalten. Das Meer hatte mich gepackt und ließ mich mein Leben lang nicht wieder los, auch wenn es Anderen vielleicht ewig fremd bleiben wird.

Ich war so überzeugt, dass meine Vorfahren schwedische Wikinger waren, dass ich mir sehnlichst gewünscht habe, eine Bestätigung zu finden. Und was man intensiv sucht, findet man meist auch. Manchmal auf eine höchst gefährliche Art.

1

Ein verdächtig lukratives Angebot

Heute meldet sich das verrückte Telefon im Viertel-Stunden-Takt. Liegt das an dem verdammten Schmuddel-Wetter? Oder weil es freitagnachmittags ist? Gute Freunde erkundigen sich, wie es mir geht. Gibt es dazu einen Anlass? Geschäftspartner wünschen mir ein schönes Weihnachtsfest 2006. Ebenso.

Mein Versicherungsmakler braucht vor Weihnachten noch ein paar Euro. Er weiß doch, dass ich versorgt bin. Wer ruft denn jetzt wieder an? Unbekannte Stimme, unbekannter Name.

Ja, ich bin Hochseeschiffer, antworte ich.

Ja, ich bin im Ruhestand. Ob ich die Adria kenne?

Jetzt reicht es. Was will er von mir? Das lässt sich in zwei Worten nicht sagen, entgegnet die Stimme. Der Mann braucht wahrscheinlich einen Skipper für einen Urlaubstörn. Oder auch nicht? Jetzt bin ich neugierig geworden. Weber ist mein Name, sagt die Stimme, wollen wir uns treffen? Ja, das Bahnhofscafe liegt zentral. Passt. Montag früh halb acht, schlägt er vor. Eine seltsame Zeit. Um diese Jahreszeit wird es gerade mal hell. Natürlich, der braucht sicher einen Skipper.

Skipper Hans

Ich überschlage schon mal meine möglichen Termine. Viel bleibt da nicht übrig. Im nächsten April segle ich mit meiner Crew von Puntone di Scarlino an der italienischen Westküste. Der Törn geht nach Ajaccio an der Westküste Korsikas.
Das kann und will ich nicht canceln. Anfang Mai bin ich dann mit Freunden mit dem Hausboot unterwegs. Mal keine Verantwortung. Im Juni ist die polnische Ostsee fest eingeplant und im August geht es dann in die dänische Südsee, vielleicht bis zur Insel Anholt. Bis dahin alles ausgebucht, die Yachten sind schon gechartert.
Nur Anfang September habe ich noch etwas frei. Das Schiff ist noch nicht vertraglich gebunden. Ich würde den Törn in der Adria ungern absagen, da ich mich schon lange darauf gefreut habe, wiedermal mit Profis zu segeln. Vier Männer und zwei Frauen, alle mit dem Meer vertraut.
Bisher hat Werner zugesagt, er ist schon achtmal als Co-Skipper mit mir gesegelt. Und auch Bernd, Berufstaucher und selbst Skipper, hat sich gemeldet. Birgit und Mike haben ebenso zugesagt, beide Seeschiffer. Und dann noch Viola, meine Beste. Ich bin Hans, Skipper mit allen erforderlichen Patenten.

Werner

Früher habe ich als Segellehrer gearbeitet und Prüfungen für Sportküstenschiffer abgenommen. Schade, wenn ich diesen Törn nicht fahren könnte. Ich liebe besonders das herrliche Revier der 1246 kroatischen Inseln, Eilande und Felsen in der Adria. Auch wenn nur 47 davon bewohnt sind. Dennoch will ich mir mal anhören, was dieser Herr Weber von mir möchte. Das klang am Telefon so geheimnisvoll.

Es ist Montag, achtuhrzwanzig. Ich bestelle mir eine große Tasse Kaffee und die Tageszeitung. Das Cafe ist noch fast leer. Der Duft des dampfenden Kaffees hebt meine Stimmung beträchtlich. Was er wohl von mir will, dieser Herr Weber? Möchte wetten, er hat einen Törn gebucht und hat keinen Skipper. Ich bin zwar ab und zu auch schon mal fürs Geld gefahren, aber nicht sehr scharf drauf.
Es sei denn, die Route und die Crew sind sehr interessant oder der Preis noch interessanter. Nun ist es achtuhrdreißig.
Herr Weber ist nicht zu sehen. Ich warte noch 15 Minuten. Dann war dieser Anruf wohl doch nur ein Scherz?
Am Nachbartisch am Fenster sitzt eine auffallende Frau, dunkler Teint, leicht krause schwarze Haare, sehr dezent geschminkt. Auch ihre Kleidung verrät Stil. Die letzten Minuten schaut sie ein paarmal herüber, so als ob sie etwas fragen möchte. Dann steht sie auf und kommt zielstrebig an meinen Tisch.
Sie erwarten Herrn Weber? Diese Stimme! Dunkel und selbstbewusst. Also eine Frau. Warum dieses Versteckspiel.
Darf ich mich setzen? fragt sie.
Entschuldigen sie bitte, ich bin etwas verwirrt, natürlich, stammle ich.
Nein, ich muss mich entschuldigen, widerspricht sie. Ich habe sie beobachtet und wollte einen ersten Eindruck gewinnen.
Und, welchen Eindruck haben sie gewonnen, brumme ich leicht verstimmt.
Es passt, sagt sie bestimmt.
Wofür? Brauchen sie einen Skipper? frage ich schon etwas schärfer.
Nein, faucht nun auch sie, einen Skipper bekomme ich überall.
Sie brauche ich, mit ihrer Adria-Erfahrung. Und fahren sie erst mal ihren Puls runter, ergänzt sie noch.

Teufel noch mal, soll ich aufstehen und gehen? überlege ich.
Inzwischen bestellt sie zwei doppelte Espresso, meinen mit braunem Zucker. Woher kennt sie meine Vorlieben? Brauner Zucker? Langsam wird mir das Ganze unheimlich.
Wie viele Meilen stehen in ihrem Logbuch? fragt sie mich.
Ich antworte: Fast 40.000.
Sehen sie, genau deshalb brauche sie und eine gute Crew für drei Wochen Kroatien-Urlaub. Ich habe eine 64-Fuß-Yacht, und als Skipperlohn bekommen sie fast jeden Betrag, den sie mir nennen.
Aha, einer meiner drei Gründe trifft zu: Das Geld.
Auch sechstausend Euro für die drei Wochen? frage ich unbescheiden.
Ich verdoppele, sagt die Dame.
Wow, kann ich da widerstehen? überlege ich.
Vorher noch ein paar Fragen: Warum treffen wir uns morgens im fast leeren Cafe? Wofür bekomme ich so viel Lohn? Und wie heißen sie richtig?
Mein Name ist Afrah, sagt sie. Mein Vater ist Marokkaner, meine Mutter Französin. Daher der Vorname mit afrikanischen Wurzeln. Ich lebe überwiegend in Marseille. Meine Yacht „Afrah II“ liegt zurzeit an der Tiber-Mündung, unweit von Rom. Sie werden sie in Messina auf Sizilien übernehmen und zur Adria segeln.
Das sagt sie so überzeugt, als hätte ich schon zugesagt.
Wirklich, zwölftausend Euro sind ein starkes Argument. Aber irgendwas gefällt mir nicht und das ist nicht die Dame. Es ist ihre Begründung für diesen Törn.
Urlaubstörn, das glaubt sie doch wohl selber nicht. Für einen Urlaubstörn kann man jeden Skipper buchen. Lassen sie mich ein paar Nächte über ihr Angebot schlafen, schlage ich vor. Selbstverständlich, sagt sie, sie können das gerne bei mir tun.

Aha, da sehe ich doch den Hasen laufen. Aber ich muss sie enttäuschen: Ich bin liiert und meine Freundin Viola fährt diesen Törn mit.
Muss das sein? hakt sie nochmal nach.
Ja, unbedingt, denn am Tag erschreckt mich so schnell nichts, aber nachts in der Koje habe ich Angst allein, scherze ich.
Wenn das so ist, sagt sie, dann lassen wir es so und sie rufen mich an, wenn sie sich entschieden haben.
Sie steht auf und verlässt das Cafe. Erst jetzt sehe ich, dass in diesem Hosenanzug unheimlich lange Beine stecken müssen. Und diesen Gang kann man nicht erlernen.

Bevor ich nun endgültig zusage, muss ich noch mit meiner Crew sprechen. Beim nächsten Clubabend bietet sich die Gelegenheit. Vorsichtig versuche ich das Vorhaben zu schildern, ohne erkennen zu lassen, dass ich mich schon fast entschieden habe.
Die Freunde sind geteilter Meinung. Bernd der Taucher ist begeistert. Wir könnten ja mit dem Erlös mal einen kompletten Törn finanzieren, sagt Mike. Birgit sagt: Ich muss die Dame erst sehen, dann weiß ich, ob sie falsch spielt. Du wirst das schon machen, sagt Viola zu. Werner, mein Co-Skipper fährt sowieso mit mir überall hin.
Nun nenne ich auch meine Bedenken. Du siehst Gespenster, sagen die andern zu mir. Vielleicht haben sie recht.

Trotzdem, auch ich möchte pokern, um sicher zu sein. Deshalb lasse ich zwei Wochen verstreichen und melde mich nicht.
Als sie nachfragt, sage ich unschlüssig: Eher nein.
Ich spüre ihre Enttäuschung fast körperlich durchs Telefon.
Woran hängt es denn, fragt sie mich.

Ich weiß zu wenig über sie und ihre Motive, und der hohe Skipperlohn macht mich misstrauisch, versuche ich ihr zu erklären.
Ich kann sie verstehen. Würde es sie umstimmen, wenn ich ihnen meine Beweggründe erkläre? fragt sie mit werbender Stimme.
Warten wir es ab, kontere ich.
Es ist eine lange Geschichte, sagt sie. Planen sie ein paar Stunden ein. Wir treffen uns in der Lounge meines Hotels, da gibt es eine bequeme Sitzecke am Kamin. Das klingt zwar wie eine Anweisung, aber ich sage zu.

Sie sitzt schon lässig am großen Kamin, als ich die Lounge betrete. Neben ihr eine Papprolle, aus der Seekarten heraus lugen. Also meint sie es tatsächlich ernst. Was willst du wissen? fragt sie mich.
Holla, habe ich was verpasst?
Schau nicht so erstaunt, sagt sie, auf meinen Gesichtsausdruck reagierend. Wir sind doch Geschäftspartner.
Ach so, ja. Es redet sich so vielleicht auch leichter. Also „Du".
Ja, zuerst möchte ich wissen, wer du bist, beginne ich. Das ist eine lange Geschichte. Ich bin Professorin für Kunst und Literatur und arbeite an der Universität Aix-Marseille als Dozentin. Meine Eltern leben dort und ich bin in dieser Millionenstadt groß geworden. Studiert habe ich in Paris und London. Aber die größte Hafenstadt und zweitgrößte Stadt Frankreichs ist etwas Besonderes.

Afrah

Hier am Golf von Lion, auch Löwengolf genannt, ist Geschichte erlebbar. In der römischen Antike hieß die Bucht Sinus Gallius, Gallischer Golf. Die Universität zieht viele Studenten an, aktuell 24.000. Manche Marseillesen sagen, das liegt nicht an ihrem guten Ruf, sondern hauptsächlich an der Nähe zum Strand. Tatsächlich aber ist die reiche Kultur und die monumentalen Bauwerke ein Erlebnis für Jung und Alt. Dass mein Vater Marokkaner ist, erwähnte ich schon. Seine Vorfahren und deren Vorfahren stammen von einem Bey von Marokko ab. Einer von ihnen war ein Kaufmann und Schiffer. Er segelte oft in die Adria und ich möchte nun die Orte vom Meer aus kennenlernen, wie er sie vor 1150 Jahren gesehen hat. Unije, Osor, Lubenice und andere. Ich bin vielleicht etwas zu romantisch, aber ich hoffe, irgendwo Spuren meiner Vorfahren zu finden.

Habe ich dich überzeugt? wirbt sie nochmal für ihr Vorhaben.

Ja, das ist sehr interessant, mich hast du überzeugt. Ich hoffe, dass meine Crew auch mitmacht.

Darauf müssen wir unbedingt anstoßen, stellt sie fest.

Als das von ihr bestellte Getränk gebracht wird, steigt mir ein altbekannter Duft in die Nase. Das kann doch wohl nicht wahr sein und schon gar kein Zufall.

Sie hat zwei Glas Whisky der Marke Glennfiddich bestellt. Meinen Lieblings-Whisky konnte sie doch gar nicht kennen. Was geht hier vor? Zufall?

Schon beim ersten Zusammentreffen hatte sie zum Espresso braunem Zucker für mich bestellt, nur für mich. Seltsam.

Als sie meine Überraschung bemerkt, sagt sie: Zu einem guten Geschäft gehört auch ein guter Tropfen. Auf den Erfolg.

Ich lehne mich wohlig zurück. Neben mir knistert leise das Feuer im Kamin. Der Whisky beginnt zu wirken. Wenn die anderen nicht mit wollen, segeln wir eben allein.

Und schauen uns die Wirkungsstätten ihrer Vorfahren an. drei Wochen, von Sizilien zum Kvarner Golf.

Afrah entrollt eine Seekarte. Das tyrrhenische Meer.
Willst du gar nicht wissen, was für eine Yacht ich habe? fragt sie.
Du sagtest, eine 64-Fuß-Ketsch, erinnere ich mich.
Ich bin mit so vielen verschiedenen Yachten gefahren, da werde ich schon klar kommen. Und bei dieser Größe bleibt für eine 7er-Crew viel Platz.
Das Schiff liegt hier, Fiumicino, im Tiber-Delta, zeigt sie mir.
Der Name des Schiffes ist leicht zu merken: Afrah II.
In der Woche vor Beginn unseres Unternehmens wird die Yacht nach Messina auf Sizilien überführt. Dort übernimmst du sie.
Ich schaue mir die Karte an. Von hier aus sind es zirka 750 Seemeilen bis zum Kvarner Golf. Und nochmal eine Woche zu all den genannten Inseln.
Und dann?
Sie schien alles schon vorbereitet zu haben. Ihr fliegt nach Reggio di Calabria, sagt sie. Von dort werdet ihr mit einem Shuttle-Boot nach Messina gebracht. Wir treffen uns dort.
Nach Beendigung des Törns werdet ihr von Mali Lošinj mit einer Chartermaschine nach Triest geflogen und von dort mit der Linienmaschine nach Deutschland. Alles schon organisiert. Das Schiff wird dann von einer Überführungs-Crew übernommen und zurück gebracht.
Das sieht ja wirklich alles einfach aus, denke ich laut.
Es **ist** einfach, sagt sie.
Erzähl du mir etwas von deinen Törns in Kroatien und von dir, bittet sie. Wie viele Törns hast du dort schon gesegelt? Ich überschlage es kurz. 20 Jahre und jedes Jahr 5 bis 6 Törns. Zwischendurch Dänemark, England , Korsika und andere Reviere.

Es müssen allein in Kroatien fast einhundert gewesen sein.
Und ich erzähle ihr.
Angefangen hat mein Interesse für das Meer mit 8 Jahren auf einer alten Kiesrestgrube. Mitten drin war eine kleine Insel. Ich bin dorthin auf einem Baumstamm gepaddelt. Robinson en miniature. Ein tolles Gefühl. Ein Jahr später habe ich im Keller meiner Eltern ein „Schiff“ aus Kistenbrettern gebaut.
Fast fertig war mein Tun von meinem Vater entdeckt und das Schiff daraufhin im Ofen heiß „eingelagert“ worden.

Meine erste Berührung mit dem Meer erfolgte mit 14 Jahren. Hein, ein Bekannter meiner Eltern, früher zur See gefahren, nahm mich mit an die Ostsee. Er schenkte mir sein Marine-Fernglas. Eine Woche wanderte ich durch die Dünen und schaute sehnsüchtig zu den draußen vorbeifahrenden Schiffen.
Ich lag stundenlang hoch über der Steilküste und schaute aufs Meer. Bis mir jemand auf die Schulter klopfte. Vor mir stand ein Mann, der den Kopf schüttelte und mir mit dem Zeigefinger drohte. Ist es verboten, aufs Meer zu schauen? Aufs Meer nicht, sagte er.
Da entdeckte ich unter mir am Strand seine Frau in einer Sandburg. Nackt. Hat mich damals noch nicht interessiert.
Hein schenkte mir später seinen alten Seesack mit allen Utensilien seiner Fahrenszeit. Da fand meine Sehnsucht nach dem Meer neue Nahrung.

Nach meinem Studium begann ich zu segeln. Jede Pinne, die ich in die Hand bekam, habe ich gehalten und vom Meer geträumt.
Bücher über die Seefahrt habe ich „gefressen“, zu Dutzenden.
Irgendwann hat ein Bekannter ein kleines Segelboot verkauft.
Mit diesem bin ich auf den masurischen Seen gesegelt.

Mit Freunden habe ich Jahre später eine stählerne 7-Meter-Yacht aufgebaut. Auch mit diesem Boot bin ich oft gesegelt.
Manchmal, wenn ich auf einem der großen Binnenseen unterwegs war, stand ich vor dem Mast und haben von den Weiten der Ozeane geträumt.
Mit 45 Jahren habe ich eine Ausbildung zum Segellehrer begonnen. Große Yachten gesegelt, Ostsee, Nordsee, England und irgendwann meinen ersten Törn in Kroatien.
Von Novigrad in die nördlichen Kornaten. Und danach jeden segelbaren Monat ein bis zwei Törns, von Umag bis Dubrovnik.
In dieser Zeit begann auch die Suche nach meinen Wurzeln.
Meine Vorfahren kamen vor über 900 Jahren aus Nordeuropa, vermutlich Schweden, nach Litauen, später Ostpreußen.
Sie haben dann über 200 Jahre in Oberschlesien gesiedelt.
So hat sich in mir die Vermutung festgesetzt, es waren ursprünglich schwedische Wikinger.
Dazu kam dann später ein seltsames Erlebnis in einer Kneipe, einer kroatischen Konoba. Ich hatte einen schönen Segeltag hinter mir und viel Durst. Das liegt an der salzigen Luft und diesem herrlich warmen Wind von Süd. Meine Crew wollte unbedingt feststellen, welche Grappa-Sorte am besten schmeckt. Am Nachbartisch saßen einige Fischer und tranken Rotwein aus großen Gläsern. Einige Wortfetzen verstand ich. Es ging natürlich ums Fischen. Der Abend wurde lang.
Gegen 00.30 Uhr stand einer der Fischer auf und ging. Alle anderen schüttelten den Kopf und lachten. Er geht doch nicht etwa zum Fischen? fragte ich sie.
Ja, sagten sie, der verrückte Luigi geht zum Fischen. Wir waren gestern draußen und haben nichts gefangen.
Am Morgen stellte ich fest, dass meine Jacke noch in der Konoba hängt. Ich machte mich auf den Weg und traf am Hafen auf Luigi.

Er saß in seinem Boot zwischen Kisten voll Fisch.
Woher weißt du, wann der Fisch da ist? frage ich ihn.
Es ist ein Gefühl, sagte er.
Kann ich morgen Nacht mal mit rausfahren? Bitte ich ihn.
Nein, entgegnete er, morgen am Vormittag. Nachts kannst du nicht fotografieren.
Ich will nicht fotografieren, ich will nur dabei sein, wenn du fischst.
Er schüttelte ungläubig den Kopf. Gib mir deine Telefonnummer und deinen Namen, ich rufe dich an, wenn ich zum Fischen gehe.
Als er den Zettel in den Händen hielt, stutzte er bei meinem Namen. Jetzt verstehe ich, sagte er feierlich, du bist der Nachfahre von Nordmännern. Woher willst du das wissen? fragte ich ihn.
Sie waren hier vor langer Zeit. Und sie wurden im Mittelmeer Nauten genannt. Die Nauten sind die Normannen, siehst du den Bezug zu deinem Namen? Unglaublich. Sollte es wirklich stimmen? Dann würde ich vieles in meinem Lebenslauf verstehen.
Afrah, was sagst du dazu.
Ich wusste fast alles, gibt sie zu. Deshalb habe ich dich gesucht.
Du wirst es später mal verstehen.
Sehr geheimnisvoll, finde ich. Was hat sie studiert? Geschichte, Kunst und Literatur? Hängt es damit zusammen?
Jetzt will ich gar nicht mehr aussteigen. Ich freue mich sogar auf den Törn zum Kvarner Golf.

Es schneit draußen und meine Gedanken eilen voraus in den September des nächsten Jahres. Bisher war jede Törnvorbereitung Routine für mich. Warum ist es dieses Mal anders?
Ich finde darauf keine befriedigende Antwort.

Meine Crew schlägt mir ein Treffen vor. Im separaten Raum unseres Stammlokals treffen wir uns. Hier haben wir Ruhe und den benötigten Platz für die Seekarten. Werner nimmt als erster das Wort.

Wir waren zusammen im Öresund, als wir Jo in Klintholm vergessen haben. Ich bin mit dir und John in der Nordsee bei Wind 8 gesegelt. Denkst du noch an Korsika oder die vielen Törns in der Adria? Am 24.September bei Windstärke 12 und 5 Meter Welle? Da werde ich doch bei diesem überschaubaren Törn nicht kneifen. Genauso habe ich es von dir erwartet, melde ich mich zu Wort. Mike und Birgit waren bei diesem Törn mit dabei, als wir uns ungeplant und plötzlich im Orkan wiederfanden.

Auf dem Kvarner Golf, wo es keine Möglichkeit zum Ankern oder Abducken gibt.

Ist schon ein paar Jahre her. Birgit hatte damals gerade ihren Skipperschein bestanden und das Seefunkzeugnis absolviert. Heute sagt sie nur: Pass auf das Weib auf, die will dir ans Leder. Keine Angst, ich hab Viola dabei. Die kratzt und beißt notfalls. Bernd der Taucher ist manchmal leichtsinnig, aber nicht beim Tauchen.

Das ist sein Beruf. Er will sich die Dame erst ansehen, die sich einen Skipper für 12.000 Euro leistet.

Dann will er sich entscheiden. Wir gehen nochmal die möglichen Stationen der Fahrt durch.

Messina liegt doch an der Nordspitze von Sizilien. Im Hafenhandbuch finden wir diesen, aus allen Windrichtungen gut geschützten Hafen. Nur die Außenmole bekommt den Schwell der Fähren ab.

Der erste Schlag müsste durch die Straße von Messina um die Stiefelspitze in das Ionische Meer gehen und weiter bis Brindisi.

Wenn wir kreuzen müssen, wird es knapp mit der Zeit. Oder wir segeln durch bis Pescara am Fuße der Abruzzen. Ja, das passt so. Birgit und Viola gefällt es nicht, dass wir bei diesem Törn so hetzen müssen. Sie würden lieber mal einen Tag in Locri oder Rossano bleiben. Das kann ich natürlich verstehen. Würde mir auch gefallen.
Wenn sie so viel Geld für ihren Urlaub ausgeben will, soll sie sich doch eine Yacht in Kroatien mieten, meinen die Beiden. Dann brauchten wir nicht zu überführen. Andererseits bin ich neugierig auf dieses 20-Meter-Schiff. Also weiter.
Wir werden in Messina auf Sizilien starten.
Dann durch die Straße von Messina. Am besten am Tag, da wird uns der Schiffsverkehr nicht gefährlich. Schade, dass wir so wenig Zeit haben. Im Süden von Sizilien hat ein befreundetes Ehepaar eine Yacht liegen. Man könnte sich treffen. Leider nicht möglich.
Die starke Strömung aus dem Tyrrhenischen Meer wird uns bis zur Stiefelspitze begleiten. Nach zwei Tagen auf See müssten wir Brindisi erreichen. Ein schöner Hafen für einen Zwischenstopp.
Wohin soll die nächste Etappe gehen? Werner ist für Dubrovnik. Von dort könnten wir die Adria mit dem Ziel Sibenik auf kurzem Wege besegeln. Von der Krka-Mündung schaffen wir es dann in 30 Stunden bis zur Rijeka-Bucht. Alle sind sich einig. Ja, so könnte es klappen.
Das ist für mich das Wichtigste, eine gut eingespielte Crew.

Dann suchen wir im Internet das Schiff „Afrah II". Wir finden es nicht. Wir suchen in der Rufzeichen-Liste des Seefunks. Auch hier nichts. Keine Eintragung. Ein Schiff, das nicht im Schiffsregister steht und nicht beim Seefunk angemeldet ist ? Sehr eigenartig.

Vermutungen machen die Runde. Das Schiff ist geklaut und ist deshalb nicht eingetragen, vermutet Werner.
Der Antrag zur Ummeldung schlummert vielleicht auf einem Schreibtisch, gibt Viola zu bedenken.
Das Schiff heißt sicher ganz anders, unkt Mike.
Wir werden Afrah fragen.

Bernd

Zwei Tage später ruft sie mich an. Sie braucht meine persönlichen Daten für den Vertrag. Da können wir uns doch gleich mit der Crew treffen und kennenlernen, schlägt sie vor.
Beim ersten Zusammentreffen registriere ich ganz unterschiedliche Reaktionen. Werner ist zurückhaltend freundlich. Bernd ist total aufgedreht und seine Augen kleben förmlich an dieser Frau. Birgit schaut interessiert aber skeptisch. Mike traut sich nicht zu schauen. Und Viola weiß, dass da keine Gefahr lauert.
Welcher Trugschluss, wie sich später auf andere Weise herausstellt.

Afrah setzt sich selbstbewusst zu uns an den Tisch, so als ob alles klar wäre. Ist es ja eigentlich auch.
Dann kommen die Fragen. Warum steht das Schiff nicht in den Listen?
Es wird erst im Frühjahr wieder angemeldet, wenn die Saison beginnt, erklärt Afrah. Ist logisch.
Mike ist mutig und fragt: Was ist mit den Kosten für Verpflegung? Die Verpflegung ist auf dem Schiff, wenn ihr dagegen nichts einzuwenden habt.

Immer noch etwas Misstrauen, wie die Fragen zeigen.
Wann gibt es den Lohn?
50% bei Vertragsabschluss, 50% beim Verlassen des Schiffes.
Wer bestimmt wo's langgeht?
Euer Skipper natürlich. Er weiß, welche Plätze ich mir gerne anschauen möchte. Die Crew ist jetzt zufrieden, das wird ein interessanter Törn.
Am liebsten würden wir gleich packen.
Afrah verabschiedet sich mit einem „bis bald" und wir sitzen da, jeder mit seinen Gedanken.
Bernd stößt ein langgezogenes „ Uuuuuiiiiiii" aus. Er ist sichtlich beeindruckt. Danach bewertet er noch ein paar Körperteile von Afrah. Die Augen sind nicht dabei. Hoffentlich hat sie ihm nicht den Kopf verdreht. Wir brauchen für diese Unternehmung Objektivität und einen klaren Kopf. Solche Geschichten sind nicht gut, wenn uns die See die Zähne zeigt. Und das kann durchaus passieren in der Straße von Messina. Ich hab da schon einiges erlebt.

Vor Jahren hat mich hier mal der Mistral erwischt. Dieser kalte Nordwest hat uns mit Windstärke 8 einen ganzen Tag beschäftigt. Vom Erhalt der Sturmwarnung per Seefunk bis zum Verlassen der Sturmzone brauchten wir 20 Stunden.
Später hat mir mal südlich von Elba ein Schirokko Probleme bereitet. Der warme Südwind wehte schon den dritten Tag mäßig mit Windstärken um 7 und frischte dann auf.
Wir waren schon unterwegs von Porto Azzurro nach Puntone di Scarlino, eigentlich nur ein kurzer Schlag, als der Wind die Stärke 9 erreichte. Lange, vier Meter hohe Wellen kamen dwars ein.
Wir mussten am Wind ständig den Kurs wechseln, mal Steuerbord, mal Backbord.

Da ist es dann passiert. Ich habe die Position ermittelt und mich dann an den Navigationstisch im Salon gesetzt. Doch zum Eintrag in die Seekarte kam ich nicht mehr.
Eine wahrscheinlich siebente Welle von 4 Meter Höhe ließ die Yacht stark krängen. Ich stürzte von dem Sitz, schlug mit dem Kopf auf die Stufen vom Niedergang und von da gegen die Toilettentür. Dann verlor ich das Bewusstsein. Ein Crewmitglied hatte den Knall gehört und mich an Deck gezogen. Als ich zu mir kam, wusste ich nicht, wo ich bin und wer die Leute an Deck sind. Es brauchte eine lange Viertelstunde, ehe ich wieder klar sah. Dabei hatte ich noch Glück gehabt bei diesem Sturz.
Sehr hohe Wellen habe ich auch mal auf der Nordsee erlebt. Westlich von Helgoland bei stetigem Westwind 7 bis 8 ist es kein reines Vergnügen zu segeln.
Aber die Hölle war der Orkan am 24. September 2007 in der Adria.
Urplötzlich von leichtem Südwestwind sprang der Wind auf Nordost mit Stärke 10, die sich später auf Stärke 12 mit 68 Knoten Wind steigerte. Der Flughafen-Tower Pula gab für das Kap Porer Wellenhöhen von 6 Meter an. Ich war mit einer 47-ft-Yacht unterwegs und konnte nicht mehr ausweichen. An Bord hatte ich 8 Urlauber ohne Seeerfahrung. Es war brutal, was die See mit uns machte. Aber es ging vorüber. Wenn auch mit einigen Schrammen am Bild der schönen blauen Adria bei den Urlaubern.
Und allen, die in den Kneipen so gern vom Sturm erzählen, wünsche ich diese Erlebnisse nicht. Nicht immer segelt das Glück mit, trotz Können.
Doch jetzt fällt erst mal Schnee.

2

Rund Korsika!

Die Sonne lacht, wir auch. Es ist Frühling. Die erste Rate des Lohnes hat Afrah pünktlich überwiesen. Wir haben davon unsere Ausrüstung aktualisiert, neues hochwertiges Ölzeug, Seestiefel, halbautomatische Rettungswesten usw. Der Rest bleibt für später. Unser Törn ist ja noch ein halbes Jahr entfernt.

Jetzt geht es erst mal von Puntone di Scarlino an der italienischen Westküste über Elba nach Ajaccio, an der Westküste von Korsika. Wir übernehmen eine 52er Beneteau mit gelattetem Großsegel. Toll, viel Platz für sechs Crewmitglieder. Am Abend melden wir uns per Funk beim Tower in Puntone ab und segeln auf die Lichter von Piombino zu. Nach etwa einer Stunde ist es dunkel genug, den Sternenhimmel zu bestaunen. Es ist Neumond und wir sind weit genug von dem störenden Licht der großen Städte entfernt. Eine eigenartige Helligkeit bereitet sich um uns aus. Sie kommt nicht von einem Himmelskörper, sie kommt von den Milliarden Sternen. Man kann sie nur bei Neumond und hier auf See so intensiv genießen. Das Meer ist blauschwarz, mit vielen funkelnden Brillanten besetzt. Der Wind streichelt uns mit seinem warmen Hauch. Leicht und rhythmisch taucht der Bug ein und erzeugt ein auf- und abschwellendes schäumendes Säuseln der Welle. Im Cockpit höre ich das leise mahlende Geräusch der leer mitlaufenden Antriebswelle.

Das dürfen wir die ganze Nacht genießen. Werner, bring uns bitte ein Glas Rum. Das passt zu dieser Nacht. Später vielleicht noch einen doppelten Espresso.

An Backbord sehen wir die Lichter von Portoferraio auf Elba.
Eine Nacht wie Seide. Außer der Fähre von Piombino sehen wir keinen Schiffsverkehr. Wir sitzen an Deck und klönen.
Weißt du noch, damals vor Triest? Unglaubliche Geschichten und die meisten sind wahr. Wir wissen es, weil wir dabei waren.
Aber immer wieder schön, sie zu hören. Neben uns achteraus ein lauter Platsch. Das könnte ein jagender Thunfisch gewesen sein.
Dann ist wieder Stille.
Vier Stunden später peile ich die Leuchttürme von Elba-West und Capraia-Süd an. Sie bestätigen mir meinen Koppelort als wahren Ort. Das gelingt nur bei gleichmäßigem Wind und moderater Welle. Nach zwei weiteren Stunden sehen wir dunkel die bergige Küste von Korsika. Vor uns liegt Cap Corse, auf einem Felsen der kleinen Insel Ilo de la Giraglia der alte und der neue Leuchtturm.

Der alte Genueser Turm wurde 1584 zum Schutz vor muslimischen Piraten gebaut. 1848 wurde der neue Leuchtturm mit einer Feuerhöhe von 85 m errichtet. Wir sehen in der Nacht leider nur scherenschnittartig die Silhouetten.
An Steuerbord tauchen die Lichter zweimal weiß über rot auf. Ein kreuzendes Schiff, vermutlich ein Containerschiff, da keine weiteren Lichter zu erkennen sind. Wir drehen leicht nach Steuerbord ab und kommen gut klar. Gegen fünf Uhr früh erscheint ein heller Streifen in der östlichen Kimm. Wenig später haben wir Cap Corse gerundet und es ist wieder dunkel.
Erst nach einer halben Stunde sind die Spitzen der 2800 m hohen Berge Nordkorsikas in Gold getaucht. Es dauert nur wenige Minuten und ein gelber Sonnenball steht über dem Monte Astu.
Wir sind jetzt in der Windabdeckung und segeln deshalb noch etwas weiter gen Westen. Die Sonne wärmt und der Morgenkaffee im Cockpit schmeckt nach Freiheit.
Noch eine Logbuch-Eintragung, dann wecke ich Mike und übergebe ihm das Ruder. Ich lege mich auf das Vordeck in die Sonne und schlafe zwei Stunden traumlos. Erst als Saint Florent weit achteraus liegt, weckt mich Mike. Er schlägt vor, Ajaccio als Ziel zu streichen und bis Bonifacio zu segeln. Wir sind schon 28 Stunden unterwegs.

Mike

Morgen Mittag könnten wir in die Straße von Bonifacio einlaufen. Wenn wir nur einen Tag dort bleiben, könnten wir dann zum Tiber segeln und uns die Yacht „Afrah II“ ansehen, sagt Mike.
Ah, er ist neugierig und möchte nicht bis September warten.

Da die anderen auch zustimmen, ändere ich unsere Planung.
Am Nachmittag sehen wir die Bucht von Calvi und den Ort mit seiner imposanten Festung. Ich war schon einige Male hier.
Es ist immer wieder ein Erlebnis.
Während der Coffeetime nähern sich mehrere Delphine unserer Yacht. Sie tauchen unter dem Kiel durch und spielen in der Bugwelle. Als es dämmert, sehen wir die Lichter von Ajaccio an Backbord querab.
Schade, dass wir so wenig Zeit haben. Gerne hätte ich mir das Geburtshaus von Napoleon angeschaut.
Segelnd geht es in die nächste Nacht. Diesmal übernimmt Werner bei Sonnenuntergang die erste Wache. Der Wind frischt langsam auf. Ich werde das beobachten. Eventuell muss Werner die Segel reffen lassen.
Mitternacht will ich die Wache übernehmen.
Das auf- und abschwellende Rauschen der Wellen macht mich schläfrig und ich gönne mir einen Kurzschlaf im Salon.

Es ist Zeit für den Mittelwächter, ein kleiner Imbiss zum Wachwechsel um Mitternacht. Ich brühe einen starken Kaffee auf und dazu gibt es heiße Würstchen.
Werner übergibt die Wache und zeigt mir die Peilung zum Capu Di Muro. Das Leuchtfeuer ist deutlich zu sehen und die Kennung gut auszumachen. Am Tage hätten wir hier auch einen Genueser Turm gesehen. Die stehen hier an jedem Kap.
Von Ajaccio nach Bonifacio sind es etwa 45 Seemeilen, bei unserer angenehmen Geschwindigkeit ungefähr 9 Stunden Segelzeit. Wenn alles gut läuft, können wir in Bonifacio frühstücken.
Am Himmel steht die blasse schmale Sichel des zunehmenden Mondes. Weit draußen Richtung West ist ein rotes Licht zu sehen. Ein mitlaufender Segler. Ob er nach Bonifacio will?

Auch dort drüben sitzt jemand am Ruder und sieht denselben Mond. Ein eigenartig gutes Gefühl, hier draußen nicht alleine zu sein.
Auch im anderen Leben an Land trifft man Menschen, die einem nahe sind und doch vorbei segeln. Aber ein gutes Gefühl hinterlassen.

Was war das eben? Das klang wie Steinschläge auf dem Vorschiff. Ich schaue in die Runde, aktiviere den Autopilot und hangle mich zum Vorschiff. Hier liegen Dutzende kleine Sardinen. Wahrscheinlich hat ein jagender Thun sie in Panik aus dem Wasser springen lassen. Zum Schlachten bin ich nicht in der Stimmung. Also sammle ich die Sardinen ein und werfe sie wieder ins Meer, Richtung Sardinien. Schwimmt heim.
Der Himmel im Westen bekommt einen zarten ziegelroten Hauch, der Widerschein der bald aufgehenden Sonne im Osten.
Es ist jetzt kühler und das Deck ist vom Tau nass geworden. Ich hole mir einen Espresso aus der Kombüse, eine Decke aus dem Salon und setze mich wieder ans Ruder.
Mike will den Sonnenaufgang nicht verpassen und setzt sich neben mich. Wir brauchen nicht viel zu sprechen, ich weiß was er denkt. Sein Lieblings-Spruch lautet:„Jetzt hat das Leben wieder Gin."
Wir haben uns vor vielen Jahren an Bord einer Yacht kennen gelernt und sind seitdem befreundet. Wie die meisten in dieser Crew.
Nur Bernd kann ich nicht so richtig einschätzen. Wir sind erst einmal zusammen gesegelt.
Schon zehn Minuten lugt die Sonne mit einem Auge über das Küstengebirge. Eine dünne goldene Skyline. Jetzt schwingt sie sich über den Grat.

Noch wenige Sekunden und das Gold geht in ein warmes Gelb über, gleißend auf dem Wasser. Der Morgen ist angekommen. Mike übernimmt kurz das Ruder, sodass ich die Brötchen in den Backofen schieben kann. Dieser vertraute Geruch wird die Crew aus den Kojen treiben. Und so ist es dann auch. Normalerweise würden wir jetzt ins Meer springen, um vollends munter zu werden. Das ist während der Fahrt nicht möglich. So dauert es dann auch ein bisschen, bis alle gewaschen, rasiert und frisiert an der Back sitzen. Was gibt es denn heute Feines? Wurst, Käse, Konfitüre, Honig, Brot und Brötchen wie immer. Dazu Tee und Säfte. Viola hat heute das Frühstück bereitet. Ein Skipper-Frühstück, mit Schinken, Ei aus der Pfanne und viel Kaffee. Sie hat Chemie studiert, arbeitet jetzt in der Forschung. Bei acht Törns hat sie sich schon ein beachtliches maritimes Wissen und Seemannschaft angeeignet.

Viola

Weit voraus sehen wir jetzt den weißen viereckigen Leuchtturm von Cap Pertusato. Alle freuen sich, nach fast drei Tagen und 172 Meilen auf See mal wieder durch einen Hafen zu bummeln. Und dann noch Bonifacio. Aber erst müssen wir am Liegeplatz festmachen. Die langgezogene Bucht von Bonifacio hat eine Wassertiefe von 15 bis 20 m. Es gibt auch gegenüber der Stadt mehrere Buchten, wo man bei immer noch 5 bis 8 m Tiefe einen guten Ankergrund findet. Die Calanque de l` Arenella und die Calanque de la Catena. Aber wir wollen ja in den Hafen. Die Stadt Bonifacio lassen wir an Steuerbord liegen.

Die mittelalterliche Altstadt, die Ville haute (Oberstadt), liegt siebzig Meter hoch auf einer Kalksandsteinzunge. Die fällt steil zum Meer ab. Dreitausend Einwohner leben in der eindrucksvollsten Hafenstadt am Mittelmeer.
Der Yachthafen liegt am Ende der Bucht und ist sehr gut geschützt. Aber er ist auch schwer auszumachen. Auf diesem schmalen Teil der Bucht kann man nicht mehr kreuzen. Unter Maschine laufen wir ein. Der Hafen ist voll, Yacht an Yacht liegt an den Stegen. Wir drehen zwei Runden im Hafen, von den Yachties beäugt. Dann entschließe ich mich in einer Lücke an der Pier längsseits anzulegen. Die Crew weiß, dass dieses Manöver nicht einfach wird. Die großen Kugelfender hängen Backbord außenbords. Die Festmacherleinen sind diesmal mit je einem Palstek versehen. Ich fahre in die Lücke und stoppe mit dem Rückwärtsgang rasant auf. Ehe der Bug die Kaikante berührt zieht die Schraubenwirkung das Heck an den Kai. Die Fender quietschen empört. Die Leinen fliegen über die Poller.
Endlich sind wir fest. Den Yachties auf den anderen Schiffen ist vor Erstaunen das Getränk in der Hand verdampft.
Hier brauchen wir keine doppelte Spring zu legen. Das Hafenbecken ist ruhig. Jetzt kommt das Wichtigste der ganzen Reise: Das Anlegebier. Für die Frauen natürlich Sekt.
Normale Klamotten anziehen und dann geht's los.
Auf nach Bonifacio!
Am belebten Fischereihafen vorbei bummeln wir langsam zum Handelskai. Fischerboote liegen ruhig vertäut an den Stegen. Große Küstenfrachter werden beladen und eine Fähre legt an.
Wir steigen hinauf zur Altstadt. Die Häuser sind alle mindestens fünf Etagen hoch. Und über allem thront die Festung. Mit vielen schönen Schnappschüssen machen sich unsere Fotografen auf den Rückweg. In der Altstadt suchen wir ein sehr intimes Lokal.

Das Angebot ist groß, aber im lauten Trubel wollen wir den Tag nicht ausklingen lassen. In einer Nebengasse, der Rue Saint Jean-Baptiste, finden wir das „Ciccio", ein sehr kleines Restaurant mit Tischen auf der Gasse.
Und ein Tisch für uns ist frei. Später haben wir bemerkt, dass immer wieder Leute umsonst gefragt haben. Alle Plätze sind inzwischen belegt. Noch später wissen wir auch, warum: Die exzellente korsische Küche und die ruhige und freundliche Bedienung. Ich habe korsischen Oktopus-Salat, Kalbsbries mit Langusten und roten korsischen Wein gewählt.
Gerade habe ich den Salat mit Genuss vertilgt, raunt mir Werner zu: War das nicht eben Afrah?
Elektrisiert frage ich: Wo? Er zeigt die Gasse runter auf eine Frau mit krausen schwarzen Haaren und wippendem Gang.
Ich springe sofort auf und jage hinterher.
Als ich sie fast erreicht habe, rufe ich: Afrah?
Die Frau dreht sich um, sie ist es. Und sie fragt mich: Who is Afrah? What´ s your problem?
Verdutzt bleibe ich stehen. Please excuse me, kommt mir von den Lippen. Von ihr höre ich noch ein: Bye. Dann ist sie weg.
Aber das war doch Afrah! Sollte ich mich so täuschen.
Oder was läuft hier? Langsam gehe ich zurück an meinen Tisch und schildere das Erlebte der Crew. Sehr seltsam, da sind sie sich einig. Vielleicht hast du dich auch getäuscht, sagt Bernd.

Ich esse den Hauptgang. Der Rotwein ist ungewöhnlich gut.
Ja, ich habe mich bestimmt täuschen lassen. Viele Frauen mit afrikanischer Herkunft haben wahrscheinlich diesen wunderbar tänzelnden Gang. Wir bestellen noch eine Runde Pastis und schlendern zurück durch den Hafen zur Marina.

Im Cockpit sitzt es sich sehr angenehm. Es ist windstill und die vielen Lichter spiegeln sich im Hafenwasser.
Zwei Flaschen französischen Rotwein opfere ich noch.
Die Stimmung ist bestens, leise und vertraut. Wohlfühl-Stimmung. Ich krame mein Moskito-Netz hervor, heute werde ich an Deck schlafen. Doch noch ist es nicht soweit.
Werner und Birgit sind noch nicht müde.
Wir schauen einer Yacht zu, die eben eingelaufen ist. Nicht einfach, bei Nacht hier rein zu finden.
Werner meint, dass würden wir auch locker schaffen, Birgit am Echolot, ich am Radar und er am Ruder.
Werner segelt schon viele Jahre. Im zweiten Leben ist er Beamter und freut sich sehr auf den Ruhestand. Reisen und segeln sollen das Leben dann bestimmen.
Auch ich freue mich auf seinen Ruhestand. Noch öfter könnte ich ihn dann als Co-Skipper für meine Törns gewinnen.
Das besiegeln wir jetzt mit einer weiteren Flasche Rotwein aus seinem Bestand und ich stelle fest, Co-Skipper-Wein schmeckt auch sehr gut. Birgit raucht noch eine kleine Schwarze und verschwindet dann in ihrer Koje. Werner kontrolliert die Leinen und geht auch schlafen. Ich liege unter korsischem Himmel unter meinem Moskito-Netz. Die Luft ist weich wie Watte, warm, mit einem Hauch Salz und dem Geruch der Macchia von den Bergen.
Die Morgensonne sieht mich auf dem Vordeck. Möven, die wie Seeräuber ihre morgendlichen Streifzüge machen, wecken mich mit ihrem hysterischen Geschrei. Ich rieche Kaffeeduft und denke mir, das könnte ein guter Tag werden.
Im Salon höre ich es rumoren. Die Back wird eingedeckt. Birgit führt heute Regie. Da kommen wieder etliche selbstgemachte Konfitüren auf den Tisch.

Dazu gedünsteter Fenchel und natürlich Rührei. Heute gibt es auch frisches Weißbrot, von Mike im Hafen gekauft.
Mike, sag´ nie mehr, das Leben hätte keinen Gin mehr. Wir leben gut, wir leben frei und wir segeln.
Braucht man mehr?
Gleich nach dem Frühstück wird der heutige Törntag besprochen. Wir haben ja vor, über das Tiber-Delta nonstop zurück nach Puntone di Scarlino zu segeln. Insgesamt ein 400 sm-Törn. Und das in sechs Tagen.
Heute liegen erst mal die 150 Seemeilen bis zur Tiber-Mündung vor unserem Bug. Es ist Mittwoch früh und ich denke, dass wir bei stetigem Wind morgen Mittag in Fiumicino sein können, um die Yacht „Afrah II“ mal in Augenschein zu nehmen.
Werner führt heute das Schiff, sodass ich Zeit zum Lesen habe. Ich habe mir ein Buch über den Handel im Mittelmeer in der Zeit um 860 n.Chr., also der Zeit, in der Afrahs Vorfahre, der Bey von Marokko im Handel mit Rom aktiv war, mitgenommen.
Die römische Kaiserzeit war lange vorbei und das weströmische Reich schon 480 auseinander gefallen.
Das antike Imperium Rom gab es nicht mehr. Das oströmische Reich jedoch, mit der Hauptstadt Konstantinopel, war wirtschaftlich stark. Es wandelte sich ab 640 n.Chr. zum Byzantinischen Reich. Trotzdem war der Name Römisches Reich noch üblich, auch für die Einwohner der muslimischen Reiche. Um Handel zu treiben, fuhren sie auch zum Bosporus, nach Griechenland und in die Adria. Auch die Vorfahren von Afrah.
Für die marokkanischen Händler tauchte um 844 eine neue Gefahr auf, die Wikinger mit einer Flotte von 100 Schiffen. Sie plünderten auch die Hafenstädte Marokkos. 1859 bis 1862 gab es einen weiteren Raubzug, dabei wurde u.a. die marokkanische Stadt Mazimma geplündert.

Das waren ja im weitesten Sinne meine Vorfahren, die Nordmänner.
Eine eigenartige Gedanken-Verbindung zu Afrah. Sollten meine Vor-Vorfahren ihre Vor-Vorfahren ausgeplündert haben? Afrah hat Literatur studiert. Stellt sie diese Verbindung her?
Ein abwegiger Gedanke. Ich werde sie bei nächster Gelegenheit fragen. Ich habe ihr ja auch bei unserem Treffen im letzten Winter erzählt, dass ich meine Vorfahren in Südschweden vermute.
Meiner Crew sage ich erst mal nichts von meinen Gedanken. Vielleicht spinne ich mir da wirklich etwas zusammen.
Wir haben jetzt etwa ein Viertel der Strecke zur Tiber-Mündung geschafft. Die Welle ist länger geworden, der Wind ist gleich geblieben. Da es nach Italien geht, hat Mike eine Minestrone gekocht, eine dicke italienische Gemüsesuppe. Absolut lecker.
Mit seinen Kochkünsten hat er uns schon öfter überrascht.
Wir sind noch beim Löffeln, als Bernd einen Schrei der Überraschung ausstößt.

Keine dreißig Meter von unserer Yacht entfernt taucht ein Pottwal auf, geschätzte 12 Meter lang.
Er bleibt 1-2 Minuten an der Oberfläche, ausreichend zum Fotografieren. Als wir uns schon wieder der Suppe zuwenden, taucht er wieder auf. Nach dem dritten Mal bleibt er dann in der Tiefe des Meeres.
Ein grandioses Erlebnis, so einen Riesen in seinem Element zu sehen.

Das ligurische Meer von der Höhe Südkorsika bis zur französischen Küste ist Walschutzgebiet. Ich trage das Erlebnis im Bordbuch nach und Mike übernimmt das Ruder für ein paar Stunden.
Bordroutine greift nach uns. Der Rest der Crew macht inzwischen ein Schläfchen.
Nach dem Abendessen erfolgt die Einweisung für die Nachtfahrt. Das Wasser ist tief, kaum Schiffsverkehr und keine Leuchttürme zum Peilen. Das wird eine ruhige Nacht.
Ich lese wieder ein bisschen Mittelalter-Geschichten und denke an Afrah. Was hat sie wirklich vor?
Viola hat meine Unruhe bemerkt und setzt sich zu mir. Wenn sie etwas Ungesetzliches tut, beruhigt sie mich, steigen wir aus. Wir sind sechs Crewmitglieder, da ist keine Gefahr.
Natürlich hat sie recht, wir sind alles alte Hasen auf dem Meer.
Und ich bin an der Adria fast zu Hause. Hatte schon mal vor, den Rest meines Lebens dort zu verbringen.
Doch die Unruhe bleibt.

Es wird aber eine durchaus ruhige Nacht. Zu Beginn des neuen Morgens sind wir dem italienischen Festland schon sehr nahe.
Der Himmel ist heute nicht vergoldet, sondern intensiv ziegelrot. Da sind wohl ein paar Zirruswolken am Himmel. Nach einer reichlichen Stunde kommt ein Leuchtfeuer in Sicht.
Das könnte der Porto Turistico di Roma sein, der Touristenhafen. Er liegt direkt an der Mündung des Tiber-Hauptarmes, Fiume Tevere.
Die „Afrah II" ankert weiter nördlich, in der Nähe vom Malibu Beach Club. Wir wollen im Hafen festmachen und mal kurz ins nur 30 Kilometer entfernte Rom fahren. Direkt vor uns am Meer liegt auch der größte Flughafen Roms, Rom-Fiumicino, nach Leonardo da Vinci benannt. Wir mieten ein Speedboot und fahren den Tiber aufwärts. Malerisch überspannt kurz vor Rom die Engelsbrücke den Tiber.
Eigentlich ist es ein Frevel, nur für ein paar Stunden in Rom zu sein. Hier brauchte man Tage und Ruhe.

Die „Engelsbrücke" über den Tiber bei Rom

Da wir keinen zusätzlichen Tag zur Verfügung haben, schauen wir uns die Highlights von Rom im Schnelldurchgang an. Zuerst den Petersdom, dann den Trevi-Brunnen und zuletzt das Kolloseum.

Wir stehen vor dem Petersdom und sind mächtig beeindruckt. Die weltberühmte Basilika ist das Ziel für Pilger aus der ganzen Welt, Bezugspunkt vieler Gläubiger, Künstler und Forscher. Sie gehört zu den größten Kirchen, die jemals gebaut wurden. Die eindrucksvolle Basilika, errichtet zwischen 1506 unter Papst Jilius II und 1626 unter Papst Urban VIII, beherrscht den Petersplatz und ragt über die Dächer der ewigen Stadt Rom empor. Der Petersplatz wurde erst 1667 vollendet.
Auf diesem Platz werden große religiöse Veranstaltungen der katholischen Kirche durchgeführt, wie Weihnachts- und Ostermessen, Proklamation der neuen Päbste u.a., die weltweit aus-

gestrahlt werden. Sehr interessant ist auch die Kolonnade aus dem 17. Jahrhundert zu beiden Seiten des Platzes.
Am frühen Nachmittag sind wir wieder im Hafen. Es meldet sich der Hunger.

Nicht weit von unserer Yacht entfernt klingt Klaviermusik aus dem „RIZcafe“. Es ist ein exzellentes Fisch-Restaurant.
Die sehr freundliche Bedienung findet sofort einen Tisch für uns.
Die Pasta di mare ist preiswert und außergewöhnlich schmackhaft. Machen das die frischen Scampi oder der schwarze Trüffel?
Jedenfalls ein Erlebnis.

Nachdem wir uns orientiert und frische Baguettes eingekauft haben, legen wir wieder ab. Nur eine Seemeile nördlich am Nebenarm des Tibers vor der Via del Molo di Levante ankert die „Afrah II“.

Sie liegt im langsam fließenden Strom zwischen einer Boje und ihrem Buganker. Wir machen längsseits vor Anker fest und entern überaus neugierig das Schiff. Es ist wie erwartet eine Ketsch, ein kräftiger Langkieler. An Deck sieht es aufgeklart aus. Die Segel sind gut abgedeckt. Innen zeigt sich uns eine dunkle Mahagoni-Täfelung älteren Datums. Nicht mehr üblich bei Yachten, aber diese hier ist gepflegt.

Dann schauen wir uns die Technik an. Auch das Funkgerät ist ein älteres Modell. Ist es noch zugelassen? Einen Hinweis auf ein Rufzeichen finden wir nicht. Werner ruft mich in den Maschinenraum. Dieser ist größer als üblich. Auch der Diesel-Motor ist schon in die Jahre gekommen, was aber nichts über den Zustand und die Leistungsfähigkeit der 200 PS-Maschine aussagt. Werner zeigt mir eine Stelle am Motorblock, wo die Serien-Nummer sein sollte. Oh, da ist geschliffen worden. Nun werden wir misstrauisch. Wir suchen Bootspapiere an Bord. Nichts zu finden. Keine Betriebsanleitungen, keine Hafenhandbücher, keine Seekarten. Das Schiff macht einen guten Eindruck, trotzdem habe ich kein gutes Gefühl. Was stimmt mit der Yacht nicht?

Nachdenklich holen wir unseren Anker ein und lösen die Leinen. Wir wollen wieder auf See. Fünf Stunden bis zur Insel Giglio.

Auch diese Nacht vergeht ohne besondere Schwierigkeiten.

Gegen 03.30 Uhr begegnet uns ein Kreuzfahrtschiff. Hell erleuchtet ist es schon von weitem zu sehen. Es passiert uns etwa zwei Meilen an Backbord. Ich sehe sein rotes Positionslicht.

Da fällt mir wieder der Spruch von der Seefahrtsschule ein: Rot an Rot hat´s keine Not. Wie wahr.

Der Professor kannte aber noch einen Spruch: Nicht jedes rote Licht am Hafen hat eine Bedeutung für die Schifffahrt.

Sowas fällt mir nachts um halb vier im westlichen Mittelmeer ein.

Da kommt schon wieder ein Schiff, dieses Mal von Steuerbord, hoffentlich sieht er, dass wir segeln.

Ich sehe nur die Positionslampen und die Toplichter. Sonst alles dunkel an Bord. Wird wohl ein Autotransporter sein. Da diese Schiffe fünfmal schneller als wir fahren, gehört rechtzeitiges Ausweichen zur seemännischen Sorgfaltspflicht. Ich komme gut klar und brauche die Maschine nicht zu starten.

Eine Stunde später ist es schon fast hell. Der Autopilot steuert uns bei stetigem Wind sehr zuverlässig. Deshalb kann ich auch in die Kombüse gehen und mir einen Morgenkaffee machen. Mit diesem sitze ich im Cockpit und erwarte den Sonnenaufgang an Steuerbord. Viola kommt fröstelnd mit einem Kaffee an Deck und setzt sich zu mir. Sie bringt eine Decke mit, die uns beide wärmt.
Nach und nach kommen sie alle aus den Kojen. Wer macht das Frühstück? Mike ist heute dran. Er macht das gern. Nachdem wir satt sind, bereiten wir das Schiff zum Einlaufen vor.

Der Leuchtturm von Punta Ala ist erreicht. Eine Stunde später melde ich mich per Funk beim Tower in Puntone an. Der zugewiesene Liegeplatz liegt am anderen Ende des Hafens. Francesco wartet schon auf uns und bedient die Leinen. Nach zwei Häfen und über 400 Seemeilen sind wir wieder fest. Das ist uns ein Glas Sekt wert. Dann folgt die Auswertung.
Es war ein schöner Törn bei auffallend gleichmäßigen Winden. Eine Durchschnittsgeschwindigkeit von über 5 Knoten kann sich sehen lassen, denke ich. Die „Afrah II“ haben wir auch gesehen.

Dieser Törn hat zwar noch Zeit, aber wir haben jetzt eine Vorstellung von dem Schiff, mit dem wir im Spätsommer über tausend Meilen segeln wollen. Es ist ein sehr stabiles Schiff, ein Langkieler, nicht für Regatten mit kurzen Schlägen geeignet.
Aber auf langen Strecken unschlagbar. Ein robustes Rigg und derbe Segel machen es für jeden Langtörn geeignet.
Der Komfort kann natürlich nicht mit dem moderner Yachten mithalten, also mehrere Toiletten und Duschen oder Doppelkojen. Auf dieser Yacht gibt es nur Stockkojen.

Aber die Navigationsausrüstung ist hervorragend. Radar, GPS, Barograph, Weltempfänger und Seefunk sind auf dem neuesten Stand.
Zufrieden packen wir die Seesäcke und machen uns auf den Heimweg. Dort werde ich zuerst die Bilder auswerten.
Vielleicht kennt jemand dieses Schiff mit dem „namenlosen" Motor. Wie hieß es früher, bevor es Afrah gehörte? War es ins Schifffahrtsregister eingetragen? Viele Fragen.

In den Häfen sieht man oft Suchmeldungen. Gestohlene Yachten werden beschrieben und Prämien für die Wiederbeschaffung ausgelobt.
Einmal wurden zwei 47 ft-Yachten gesucht, die an einem belebten Wochentag aus dem Hafen verschwanden. Wie geht das?
Ich kann es mir nur so vorstellen, dass gezielt ausgespäht wurde, welche Yacht nicht verchartert wird und somit wochentags nur wenig beaufsichtigt ist. Eigner haben in der Regel einen Liegeplatz auf Dauer gemietet und können so zu jeder Zeit das Schiff aus dem Hafen fahren. Bei zwölf verschiedenen Charterbasen in diesem Hafen fällt es nicht auf, wenn eine Yacht den Hafen verlässt. Der Dieb besteigt also das Schiff, manipuliert die Zündung und fährt aus dem Hafen. An einem in der Nähe gelegenen Platz wird die Farbe des Rumpfes verändert und der Yacht ein anderer Name gegeben. Auch die Nationale (Flagge des Heimatlandes) wird gewechselt und dann bei Nacht gefahren. Die Diebe müssen segeln können, da ein Tanken im Mittelmeerraum für sie gefährlich wäre. Sie nutzen den vorhandenen Kraftstoff zum Laden der Servicebatterien. Sobald sie mit der Yacht Gibraltar passiert haben, sind sie nicht mehr auffindbar.
Selten wird eine gestohlene Yacht nach Monaten nochmal gefunden. Das ist nur in der ersten Woche möglich.

Und meistens auch nur durch Zufall. Schwerer ist dies schon in den Marinas des westlichen Mittelmeeres. In unserem Ausgangshafen Puntone di Scarlino muss sich jede Yacht beim Tower ab- und anmelden. Und die Eigner melden sich sowieso per Funk ab. Daher ist hier der Diebstahl leichter zu verhindern. Und doch ist mal eine gecharterte Cyclades 50, die ich schon mehrmals gesegelt habe, eine Woche vor meinem Törn gestohlen worden. So bekam ich eine höherwertige Yacht angeboten und der Törn war gerettet.

Diese Gedanken gehen mir durch den Kopf, wenn ich an die „AFRAH II“ denke. Keine Registrierung, Motornummer ausgeschliffen. Wer sollte da nicht an Diebstahl denken?
Nur wie passt das mit Afrah zusammen? Ich werde mir bei passender Gelegenheit nochmal die Schiffspapiere kritisch ansehen.

3

Das Abenteuer beginnt

Es ist fast soweit.
Ein letztes Mal vor dem Törn treffen wir uns. Alle sind da. Morgen geht unser Flug nach Reggio Calabria. Wir sind sehr neugierig, ob das alles klappt.
Es wird kein Urlaubstörn und keine Badetour, das wissen wir.
Aber was uns wirklich erwartet, übertrifft alle Alpträume.

Das Shuttle steht am Airport schon bereit. Es bringt uns zum Hafen. Von hier geht es mit dem Schnell-Boot die drei Kilometer über die Straße von Messina. Da, der Liegeplatz der „Afrah II“. Nanu, das Schiff ist nicht mehr dunkelbau, es ist weiß gestrichen und sieht jetzt sogar noch größer aus. Die Persenning sind alle von den Segeln runter. Also startbereit.
Afrah will doch etwa nicht heute noch starten?
Da ist sie ja. Im Overall hätte ich sie beinahe nicht erkannt. Auch in dieser Kleidung sieht sie immer noch sehr sexy aus. Die schwarzen Haare wuseln im Wind.
Kommt an Bord, ruft sie. Eine förmliche Begrüßung gibt es nicht. Afrah ist noch beim Verstauen unseres Proviants. Und wir belegen unsere Koje nach einem vorher festgelegten Plan. Platz ist ja genug an Bord.

Wir setzen uns nach getaner Arbeit an die Back, den Tisch im Salon, und Afrah fragt mich, ob wir gleich ablegen können. Nein, ich möchte den heutigen Nachmittag nutzen, um das Schiff kennen zu lernen und erzähle Afrah von unserem Besuch an der Tiber-Mündung.
Dann frage ich sie nach dem Rufzeichen der Seefunkstelle.
Es gibt keins, sagt sie. Wir brauchen das Gerät nur für den Seenotfall. Das fängt ja gut an, denke ich.
Und was ist mit der entfernten Motornummer? hake ich nach.
Ich habe das Schiff so gekauft, sagt sie, hier fragt keiner danach.

Also starte ich die Maschine. Hört sich gut an. Der Autopilot springt auch sofort an. Der Wassertank ist fast voll, der Dieseltank ganz voll.
Das Radargerät für die Nachtfahrten funktioniert. Die Heizung brauchen wir Anfang September bei Temperaturen zwischen 25 und 27 °C wohl nicht. Die Bilgenpumpe verrichtet beim Test zuverlässig ihre Arbeit. Die Bilge selbst sieht trocken aus. Die Rettungsmittel sind alle vorhanden. Der Motor am Beiboot ist zu groß, aber was stört uns das.
Nun noch die Sichtung des Proviants. Sonst kaufe ich ja immer selbst ein, um zu wissen, was vorhanden ist. Dieses Mal hat das Afrah veranlasst. Ich finde einen ganzen Schrank voll Baguettes. Und große Weizenbrote. Das dürfte reichen, obwohl mir das Schwarzbrot sehr fehlen wird. Mehrere große Büchsen mit Marmelade und Konfitüre sehe ich, darunter auch Orangenmarmelade. Also doch bei der Schiffsversorgung eingekauft. Schinken, italienische Salami, Tiroler Käse und jede Menge Fertiggerichte in Büchsen komplettieren das Lebensmittellager. Der Kühlschrank ist noch leer, bis auf eine Palette Birra Moretti, italienisches Bier.

Afrah sieht mich vor dem Kühlschrank stehen und sagt: Im Heck ist noch mehr Bier eingelagert. Typisch Deutsche, wird sie denken. In einer Backskiste finde ich aber auch mehrere Kartons Rotwein, Chianti der teuersten Sorte. Da hat sie nicht gespart. Dass ein Segler auf See keinen Alkohol trinkt, wird sie sicher wissen. Nur zu medizinischen Zwecken. Aber im Hafen holt er das Versäumte nach.

Es ist Zeit zum Abendessen, dieses Mal noch an Land.

Der Bummel durch den Hafen und die Gassen der Altstadt bis zur Via Ghibellina tut uns gut. Das Restaurant „Piero" springt uns ins Auge.

Eine super Speisekarte. Also hinein und bestellt. In einer Art Wintergarten haben wir Platz gefunden. Ganz in der Nähe hören wir eine Geige. Ein Straßenmusikant gibt sein Bestes.

Die Musik passt zum Essen, Tintenfisch-Carpaccio und danach Linguine mit Hummer. Köstlich. An so einem Abend wünsche ich mir, das ganze Jahr Überführungen dieser Art zu machen.

Nach einem Espresso sind wir schon dabei, den nächsten Tag zu planen. Die Livemusik und das gute Essen machen uns faul. Der Vorschlag, erst 10 Uhr zu starten, stößt auf breite Zustimmung.

Also zurück zur Yacht und nochmal ausschlafen, heute noch ohne Wachwechsel.

Nächster Morgen.

Auf zum ersten Schlag, die Crew ist bereit und heiß darauf.

Ich teile die Wachen ein und es gibt diesmal keinen Protest. Bei einem längeren Törn kommt jeder Mal mit der „Hundewache" dran. Die Leinen werden eingeholt und langsam dreht der Bug Richtung Ausfahrt. An Steuerbord steht die imposante Säule mit der Marienstatue.

An Backbord bleibt die Einfahrt zum Industriehafen achteraus. Eine interessante Stadt, dieses Messina. Immer wieder erobert und zurückerobert.

Im Zeitraum, der uns interessiert, liegt im Jahr 843 die Eroberung durch die Araber und 1061 durch die Wikinger. Heute hat die Stadt 240. 000 Einwohner.

An Steuerbord sehen wir jetzt den 1867 erbauten Leuchtturm Punta San Raineri mit seinem 42 m hohen Feuer. Daneben, nur 12 m hoch, der kleine Punta Secca.

Wir motoren aus dem Hafen und drehen auf Südkurs. Ein leichter Südostwind, ein Schirokko, zwingt uns zum Kreuzen.

Leuchtturm Punta San Raineri

Doch schon nach zwei Stunden schläft der Wind ein und kommt später mit 5 Bft aus Nordwest, ein Thermico. Ein gleichmäßiger zuverlässiger Wind.

Uns soll es recht sein. An der Backbordseite verabschieden uns aus der Ferne die Türme von Reggio Calabria.

Wir sind auf See und unsere Reise hat begonnen.

Vor uns liegen 225 Seemeilen bis Brindisi. Das sollten wir bis übermorgen zur Coffeetime schaffen, wenn der Wind mit 4 Bft stetig bleibt. In der Straße von Messina schiebt uns die recht kräftige Strömung zwischen Tyrrhenischen und Ionischem Meer. Wir sehen etliche dieser eigentümlichen Boote, mit denen die Fischer hier auf Thunfischfang gehen.

Auf einem hohen Gittermast steht der Ausguck und auf dem überlangen Bugsprit der Mann mit der Harpune. Auch der Schiffsverkehr ist hier sehr stark. Da heißt es höllisch aufpassen.

Der Tag ist so schnell fortgeschritten. Viola ist schon bei der Vorbereitung des Abendessens. Es gibt es Tomatensuppe und Schinkenbaguette. Wir sitzen alle im Cockpit der Yacht. Noch ist es angenehm warm, die Sonne steht aber schon sehr tief. Afrah hat bisher wenig gesprochen, sie wirkt sehr nachdenklich. Ist es schon die Erwartung, die Orte kennen zu lernen, die ihren Vorfahren vertraut waren. Die sie von Land aus niemals erreichen kann. Oder was bewegt sie?

Unser Treffen in Bonifacio im Frühjahr habe ich nicht angesprochen. Wenn sie nicht dort war, würde sie sich über meine Frage wundern. Wenn sie dort war, wird sie es eventuell abstreiten. Also lasse ich es dabei.

Wir reden noch etwas über Messina. Als der Horizont die Sonne halbiert, serviert uns Birgit einen Sundowner double, für jeden einen Orangensaft, natürlich frischgepresst, und einen Espresso. Guter Einfall.

Es ist noch eine Weile hell. Nach und nach verschwinden die Freunde in den Kojen. Nach und nach nehmen auch die Sterne ihren Platz am Himmel ein. Ich werde noch bis 00.00 Uhr dem Autopilot auf die Finger sehen, dann löst mich Mike ab.

Wie meistens klönen wir noch ein halbes Stündchen auf der „Lügenbank“ und dann gehe ich auch in die Koje. Wenn etwas Unerwartetes geschieht, wird Mike mich wecken.

Mike weckt mich 04.00 Uhr. Wachablösung. Ich übernehme Position und Kurs. Wir sind jetzt schon 82 Seemeilen von Messina entfernt. Als ich aufstehe wird Viola wach, kocht uns einen starken Tee und sitzt noch eine Weile neben mir.

Die „Afrah II“ zieht ihre Bahn auf dem gespeicherten Kurs. Ein dunkles Stahlblau hat den Himmel überzogen und spiegelt sich samt Sternen im sepia-farbenen Meer.

Der Wind hat zum Glück leicht zugenommen, so dass unser Langkieler seine optimale Geschwindigkeit unter Vollzeug erreicht.

Wir sitzen andächtig auf der Backskiste am Heck und lauschen still dem auf- und abschwellenden Rauschen der Bugwelle.

Sternschnuppen verglühen am Horizont im Meer. Beim Eintauchen glauben wir ein leises Zischen zu vernehmen, obwohl wir viel zu weit weg sind. Diesen Augenblick möchten wir mit keinem tauschen, der an Land im Bett liegt.

Denn wir haben Zeit. Die Zeit, die uns im Alltag abhandenkam, ist aufs Meer geflüchtet. Hier wartet sie auf uns Segler. Dass gerade Langzeitsegler diese Zeit finden, sieht man ihnen an. Sie gehen langsamer und reden nicht mehr so viel.

Bald werden wir wieder einen Sonnenaufgang erleben. Und keiner gleicht dem anderen, obwohl ich dieses Schauspiel weit über tausendmal auf dem Meer erlebt habe. Viola geht schlafen. Ich überprüfe nochmal den Kurs und setze mich wieder. Das Deck ist warm und feucht vom Morgentau. Der Wind ist weich und riecht nach Salz. Doch da ist noch ein anderer Geruch, der sich mit dem Salz des Meeres mischt. Plötzlich sitzt Afrah neben mir.

Ist es dir unangenehm, wenn ich so nah neben dir sitze? fragt sie.

Nein, im Gegenteil, gebe ich ehrlich zu. Sie rückt noch ein Stück näher. Ich bin froh, dich getroffen zu haben, sagt sie. Welchem Mann würde das nicht gefallen? Doch ich bin vorsichtig. Wir unterhalten uns noch eine Weile angenehm über private Dinge.

Dann verschwindet sie geräuschlos wie sie gekommen ist und ich schaue gedankenverloren in die tiefblaue Nacht hinter dem Heck.

Nach zwei Stunden ist Viola wieder an Deck. Ich erzähle ihr von der eigenartigen Annäherung von Afrah.

Sie lacht und sagt nur: Lass dich nicht erwischen.

Eine halbe Stunde später wärmt uns schon wieder die Sonne des Mittelmeeres. Bald gibt es Frühstück. Bernd hat heute Backschaft und Afrah hilft ihm.

Bernd habe ich im vorigen Jahr in Dubrovnik kennen gelernt und abends beim Wein an der Bar des Club-Hafens haben wir über seine Arbeit gesprochen. Er war als Berufstaucher bei der Hebung eines Schiffes beschäftigt.

Und auch über meine Arbeit als Skipper. So kam es dann, dass er im Herbst einen Törn mit mir in der Adria durch die Kornaten gebucht hat. Er ist trinkfest, manchmal etwas derb und sein Handwerk versteht er. Afrah hilft ihm freiwillig, die Beiden verstehen sich gut.

Nur noch 165 Seemeilen bis Brindisi. Wir stehen jetzt auf der Höhe von Soverato im Ionischen Meer. Mit gutem Halbwind, immer noch Thermico, geht es jetzt auf den Absatz vom italienischen Stiefel zu. Die Tagestemperatur wird heute wieder 27 °C erreichen. Schon am Morgen brennt die Sonne, durch den kühlenden Wind etwas gemildert. Wir sitzen an Deck und klönen. Bernd verspricht uns, nach Schätzen zu tauchen. Und ich weiß, wo sie zu finden sind.

An der Steilküste von Istrien im Kvarner Golf sind viele Schiffe untergegangen. Auch in der Bucht von Unije habe ich in der Tiefe beim Schnorcheln ein Schiffswrack gesehen. Darin standen lauter Amphoren.

Noch eine ganze Stunde haben wir „Schatzsucher" gesponnen. Es macht so viel Spaß, Schätze die man noch nicht gefunden hat, zu verteilen.

Da wir morgen in Brindisi anlegen wollen, sehen wir uns schon mal das Hafenhandbuch an. Brindisi ist ein super Naturhafen, sehr geschützt. Das schätzten schon die Römer.
Ich möchte mir gerne die Säule ansehen, die das Ende der römischen Militärstraße Via Appia kennzeichnet. Und die Kirche Santa Maria di Bergo Casale im Zentrum der Altstadt.
Auch hier die ähnliche Geschichte vieler süditalienischer Küstenstädte: Im Jahr 836 von den Sarazenen erobert, 1071 von den Normannen geplündert und 1456 durch ein großes Erdbeben völlig zerstört.
Wenn wir zeitig ankommen, werde ich mir auch den berühmten Strand Lido Azzurro ansehen.
Im Augenblick ist kein Land zu sehen. In allen Himmelsrichtungen nur dunkel-taubenblaues Wasser. Fast etwas bleiern. Die Sonne bricht sich an der Oberfläche des Meeres und springt uns dann ins Auge.
Ohne eine gute Sonnenbrille, wären wir hier blind.
Das hat aber für mich den Nachteil, dass ich Afrahs Augen beim Gespräch nicht sehen kann. Sie redet nicht viel. Nur wenn das Gespräch auf die Geschichte dieser Hafenstädte in der Antike kommt, schaltet sie sich ein. Da weiß sie sehr gut Bescheid. Welche Spuren ihrer Vorfahren hofft sie zu finden? Vielleicht einen Eintrag in einer alten Chronik der Küstenstädte. Oder arabische Inschriften? Oder in den Ruinen mancher alten Orte Hinweise auf arabische Handelslager.
Meinen Fragen weicht sie meistens aus. Das passt gar nicht zu ihrem sonstigen selbstbewussten und bestimmten Auftreten.

Durch die Gespräche zu diesem Thema interessiert sich inzwischen die ganze Crew für die nachrömische Geschichte. Für mich ist im Augenblick nur der Teil interessant, der unser Vorhaben tangiert.

Also die Zeit von 844 bis 862. In dieser Zeit tauchte eine Flotte von angeblich 100 Schiffen unter dem Kommando der Wikinger Björn und Hástein plündernd an den Küsten Asturiens auf. Wenig später

attackierten sie die Stadt Arzilla an der marokkanischen Atlantikküste.

Danach wurde Sevilla gestürmt und sechs Wochen trotz Gegenangriff des Emirs Ab dar-Rahman II. gehalten. Fünfzehn Jahre später erschienen die Wikinger wieder und plünderten nordafrikanische Städte. Diesmal wurden sie durch eine maurische Flotte nach Norden abgedrängt, wo sie die Baleareninseln überfielen. Das alles hat mir Afrah so nach und nach erzählt.

Was ist dann aus der Flotte geworden? frage ich sie.

Ein Teil der Schiffe ist nach Griechenland und Alexandria gesegelt.

Der andere Teil unter Hástein plünderte am Lauf des Arno und überfiel Pisa. An vielen Küsten stießen sie jedoch auf erheblichen Widerstand.

Im Sommer 861 durchquerten sie wieder die Straße von Gibraltar und erreichte das Basislager an der Loiremündung.

Ich frage sie gezielt: Ich hatte mal etwas gelesen von der Eroberung Roms durch die Wikinger, weißt du etwas darüber?

Das ist nur eine Geschichte die jeder Historizität entbehrt, sagt sie und lässt mich stehen.

Sie müsste doch darüber mehr wissen. Bin ich auf der richtigen Fährte? Aber was hat das mit der Adria zu tun?

Es ist Abend geworden und ich bin mit meinen Fragen allein. Die Wikinger waren doch meines Wissens nie nachweislich in der nördlichen Adria. Oder doch ? Dann müssten sie ja die gleiche Route gesegelt sein wie wir jetzt. Liegt da der Schlüssel?

Es hat etwas aufgebriest. Wir haben jetzt Südostwind. Zunehmend.
Ein Schirokko kündigt sich an. Das Thermometer zeigt 28 °C an. Das Barometer ist um 10 hPa gefallen. Mit 8 Knoten Fahrt jagen wir dahin. Noch ist es nicht ganz dunkel. Wir wechseln beim Großsegel auf Sturmbesegelung. So liegt das Schiff besser bei raumem Wind
Es ist schon ein Stück Arbeit, bei einer Welle von fast 2 Metern 3 Segel
zu bergen, dann die kleine Fock zu setzen und das Großsegel zu reffen. Aber Sicherheit geht vor, zumal wir kaum Fahrt verlieren.
Mike hat Ruderwache und auf seinem Zettel steht die Uhrzeit, wann der Leuchtturm Faro di Capo Santa Maria di Leuca in Sicht kommen sollte.
Es sollte gegen Mitternacht sein, bei einer Peilung von 315°. Und tatsächlich: Als Mike mich weckt, sehe ich die Kennung von drei weißen Blitzen alle 15 Sekunden.
Der Leuchtturm liegt zwischen Punta Meliso und Punta Ristola, 102 Meter über der Marina di Leuca.
Dies ist der südlichste Punkt des Salento.
Hier treffen die Wasser der Adria auf die des Ionischen Meeres.
Toll, von hier aus könnten wir Dubrovnik direkt ansteuern.
Aber wir wollen in Brindisi einlaufen, um eine Revolte der weiblichen Crew zu verhindern. In acht Stunden sollten wir den Hafen erreicht haben. Der Wind bläst unvermindert mit 28 Knoten.

Das entspricht ungefähr der Windstärke 6-7 Bft. Aber wir haben ja ein kräftiges Schiff.

Weißer Schaum jagt mit den Wellen hinter uns her. Ab und zu steigt mal eine Welle leicht über die Heckreling. Die Crew ist schon komplett im Ölzeug. Vorsichtshalber lasse ich noch die Rettungswesten anlegen und ein Strecktau durchs Cockpit spannen. Ein Blick auf den Barographen gibt mir Recht. Der Luftdruck ist schon wieder gefallen und der Wind hat jetzt Sturmstärke erreicht. Immer noch 25° C.

Ich lasse Brote machen und verteilen. Und ein paar Wasserflaschen im Cockpit verstauen. Jetzt müssen wir das Besan-Segel bergen. Wenn das so weiter geht, müssen wir auch das kleine Vorsegel durch eine Sturmfock ersetzten. Wir tun es gleich darauf. Ich habe keine Lust, die Fock davonfliegen zu sehen. Weil wir einmal dabei sind und es noch nicht völlig dunkel ist, bergen wir auch das Großsegel und setzen ein Try-Segel. Jetzt liegt die Yacht wieder vernünftig vor dem Wind, der etwa 20 Grad achterlicher als querab kommt.

Im Dunkel sehen die Wellen noch furchterregender aus. Unser Schiff tanzt wie ein durchgeknallter Salsa-Lehrer. Das Steuern schafft einer allein nicht mehr. Werner hilft mir jetzt.

Alle anderen sind mit Lifebelts gesichert. In den Salon könnte jetzt keiner mehr, es wäre zu gefährlich. Da unten ist es jetzt wie im Würfelbecher. Knochenbrüche wären vorprogrammiert.

So sitzen wir halt alle nachts im Cockpit und starren in die Abgründe der Wellentäler. In so einer Situation erwartet man, dass jeden Augenblick der „Fliegende Holländer" erscheint.

Aus dem Salon hören wir einen Mayday-Ruf im Funk. Da ist jemand in Seenot. Zu weit weg um zu helfen. Das trägt auch nicht zur Verbesserung unserer Stimmung bei.

Bei 55 Knoten Wind, entsprechend Windstärke 10 – 11 Bft, scheint dann gegen 4 Uhr früh der Kulminationspunkt erreicht zu sein. Lange schwere Wogen schleudern uns hin und her. Ein Kurshalten ist nur unter unglaublicher Anstrengung möglich. Mike hat Werner beim Steuern abgelöst. Unsere Hände sind blutig, die Augen tränen vom Salzwasser und wir können kaum noch stehen.

Der Wind beginnt zwar etwas nachzulassen, nur noch 7 Bft.

Er pfeift in den Masten und bringt recht eigenartige Geräusche hervor.

In den hohlen Groß- und Besanbäumen ist ein tiefes, auf- und abschwellendes klagend-vibrierendes Heulen zu hören, in den Wanten ein hohes Pfeifen. Dazu schlagen alle möglichen Taue irgendwo an. Sechs Stunden wird uns die Dünung noch hin und her werfen.

Plötzlich ein Aufschrei von Birgit: Vorsicht! Ein Tau hat sich vom Schäkel gelöst und ein Block kreist über dem Cockpit im Sturm. Das ist lebensgefährlich. Also alle runter mit den Köpfen. Mike riskiert es und fängt den Block mit einem Tau ab. Festgebunden richtet er keinen Schaden mehr an.
So geht das bis früh zehn Uhr. Dann lässt der Wind weiter nach. Es steht immer noch eine hohe Dünung. Und kaum Schiffsverkehr. Ich freue mich auf ein deftiges Frühstück und dann mindestens zwei Stunden Schlaf.
Plötzlich steht Afrah neben mir.
Zufrieden? fragt sie mit einem leichten Gurren in der Stimme. Das erinnert mich sofort an vorgestern Nacht.
Ja, ich bin sehr zufrieden, wenn ich segeln kann, sage ich.
Und nachts ist es doppelt schön, setze ich mit einem Unterton hinzu. Aber so ein Sturm muss nicht sein.
Und Du? frage ich sie, bist du auch zufrieden?
Ich bin sehr zufrieden und freue mich auf Brindisi. Warst Du schon mal in diesem Hafen? fragt sie mich.
Nein, nur vorbei gesegelt, bekenne ich.
Er hat eine bedeutende Geschichte, betont Afrah.
Und dann erzählt sie.
Brindisi habe sie schon vor einigen Jahren besucht, weil es zur Zeit des Bey von Marokko ein bedeutender, mehrere tausend Jahre alter Handelsplatz war.
Erst 267 v.Chr. wurde die Siedlung von den Römern eingenommen und erhielt den Namen Brundisium.
Du musst dir unbedingt die Via Appia ansehen, schwärmt sie. Sie war die wichtigste Straße des römischen Reiches, führte von Rom quer durch das heutige Italien bis zum Hafen von Brindisi.
Überreste der Hauptstraße, eine Säule und ein paar Säulenreste erinnern an diese Zeit.

Schau dir auch die malerische Altstadt mit der Benediktinerkirche San Benedetto und der Templerkirche San Giovanni al Sepolcro aus dem 11.Jahrhundert an. Du wirst begeistert sein.
Übrigens, fügt sie noch hinzu, hatte die Stadt von 840 bis 870 den Status eines islamischen Emirats.
Das ist doch etwa die Zeit, in der wir Spuren deines Bey und seiner Handelstätigkeit suchen, stelle ich erstaunt fest.
Ja, richtig, wir sind auch nicht zufällig hier.
Erwarten mich noch mehr Überraschungen?
Später, sagt sie nur.
So lange haben wir uns seit der ersten Begegnung nicht unterhalten.
Und langsam beginne ich auch einiges zu verstehen. Auch mich hat es dahin gezogen, wo ich meine frühen Wurzeln vermute.
Meine Wache ist beendet. Werner übernimmt das Ruder und ich hole mir jetzt meine zwei Stunden Schlaf.
Gegen Mittag werde ich munter, weil die Schiffsbewegungen nachlassen. Brindisi hat einen sehr geschützten Naturhafen. Zwei Wasserarme ragen weit ins Land. Die Marina Brindisi liegt etwas entfernt von der Stadt. Wir entscheiden uns für den Clubhafen Lega Navale.
Im westlichen Arm durch den Canale Pigonati fahren wir mit Maschine ein. Hier ist es sehr eng und wenn eine Fähre kommt, wird es noch viel enger. An der Nordseite des Seno di Ponente sehen wir schon das Leuchtfeuer des Hafens. Hier sieht man die Flaggen aller Länder, natürlich dominieren die italienischen, französischen und spanischen. Aber auch sehr viele Yachten mit der Flagge der britischen Kanalinseln.Den Liegeplatz können wir uns sogar aussuchen. Viel Platz zum Anlegen. Als das Deck aufgeklart ist, heißt es „Besanschot an!“, das beliebteste Kommando an Bord. Für Jeden einen Linie-Aquavit.

Einen kleinen Aquavit, in Anbetracht der hohen Temperaturen. Die nächste Aktion soll der obligatorische Hafenbummel sein. Also fahren wir mit der Fähre in die Altstadt.

Wenig später stehe ich ehrfürchtig auf dem Pflaster der Via Appia, Baubeginn 312 v.Chr. Auf diesen Steinen standen sie, die großen Roms: Augustus, Tiberius, Nero, Mark Aurel und viele andere. Es kommt mir so vor, als wäre es nicht der Schirokko, der hier weht, sondern der Hauch der Geschichte. Hat das Afrah bezweckt?Neben der alten Römerstraße liegen Reste von Säulen, Kapitellen und Statuen, Zeugen einstiger Pracht. Ich gehe allein weiter bis zur Templerkirche. Ein monumentales Bauwerk, schlichte gerade Linien und mehr Festung als Kirche. Überall römische Bauwerke.

Wenn man weiß, dass diese Stadt 1456 von einem verheerenden Erdbeben zerstört wurde, kann man sich vorstellen, welche Pracht hier mal herrschte.

Via Appia

Zum berühmten Strand Lido Azzurro komme ich gar nicht mehr. Es gibt hier noch sehr viel zu sehen. Am Spätnachmittag treffen wir uns an der Säule. Wo wollen wir den heutigen Abend verbringen? Es muss heute nicht exklusiv oder besonders teuer sein. Vielleicht finden wir in der Altstadt Richtung Hafen etwas.

In der Salita di Ripalta wirbt das Restaurant „Pantagruele“ mit regionaler Küche. Es ist romantisch hier, auch wenn das Lokal nicht direkt am Wasser liegt und noch fast leer ist.
Zwanzig Uhr ist viel zu früh. Hier wird ja 20 Uhr erst geöffnet und 23 Uhr gegessen. Vorher ist es zu warm. Also trinken wir erst etwas.
Dann ist es soweit. Ich bestelle mir eine Fischsuppe und danach eine Orecchiette, Fleischklößchen mit Tomate. Einfach aber köstlich.
Der Wein, den ich bekomme, ist etwas Besonderes. Hier in Apulien dominieren die Rebsorten Negroamaro und Primitivo. Erstere habe ich gewählt, ein 2011er Brindisi Riserva „Tor del Colle“ DOC. Passt vorzüglich zur regionalen Küche.
Wenn es an Bord schon überwiegend Pasta und Suppen gibt, kann ich mich in den Häfen doch mal verwöhnen lassen, oder?
Nachdem alle satt sind, lassen wir nochmal die erste Etappe Revue passieren. Hat doch ganz gut geklappt bis hierher.
Birgit unterhält sich angeregt mit Mike. Ich vermute, sie planen etwas Besonderes für die Bordküche.
Afrah spricht leise auf Bernd ein, er hört nur zu. Manchmal sagt er ein oder zwei Worte. Das sieht nicht nach einem Zwiegespräch aus. Eher wie ein Bericht von Afrah.
Wahrscheinlich analysiert sie die bisherige Fahrt. Mir gegenüber hat sie sich eigentlich positiv geäußert.

Ich sitze zwischen meinem Co-Skipper Werner und Viola. Wir beobachten das Kommen und Gehen der Gäste und die vorbei flanierenden Menschen auf der Gasse. Langsam wird es angenehm kühler.
Wir schlendern zu den Kais. Eine Fähre bringt uns zu unserem Schiff im Clubhafen. Hier sitzen wir noch eine Weile im Cockpit, als uns ein Absacker von Mike aufgedrängt wird. Widerwillig trinken wir ihn und entschließen uns dann, die Flasche nicht halbleer wegzustellen. Sie könnte ja umfallen und auslaufen. Eine zweite Flasche lehnen wir standhaft ab. Morgen ist auch noch ein Tag.

Bevor wir die Sonne am Morgen sehen, spüren wir schon ihre Wärme.
Birgit und Mike haben unter südlichem Himmel im Cockpit auf den Backskisten geschlafen.
Mir haben der gute Rotwein und die drei Grappa eine traumlose Nacht beschert. Aber so war es immer, schon nach einer Tasse mit heißem schwarzem Kaffee bin ich startklar.
Während des Frühstücks mache ich schon die Einweisung.
Wenn der Wind günstig bleibt, haben wir ca. 170 Seemeilen bis Dubrovnik vor uns. Das sind anderthalb Tage, Wind vorausgesetzt.
Das wäre ein Etmal von fast 120 Seemeilen. Das kann sich für Fahrtensegler sehen lassen. Ich kaufe am Hafen noch einen Karton von dem vorzüglichen Rotwein, bevor die Leinen von den Pollern fliegen.
Für die Kanalfahrt bis zur Adria kommt wiedermal unser Jockel zum Einsatz. Die Maschine wird sonst wenig genutzt, aber es ist gut, sie zu haben.

Die Adria empfängt uns mit einem moderaten Maestral, einem mäßigen Nordwestwind. Schön, dann segeln wir eben am Wind mit Vollzeug. Langsam kommt das Schiff ins Laufen.
Die Welle ist nicht so hoch wie vorgestern beim Schirokko. Afrah fragt mich schon zum X-ten Mal, wann wir am Kvarner Golf ankommen. Diese Frage kann ich ihr nicht beantworten, wir fahren nicht nach Fahrplan.
Rein rechnerisch wären es noch 300 Seemeilen von Dubrovnik aus.
Sie scheint mit der Antwort zufrieden zu sein.

Die Crew hat zu tun. Mike und Birgit waschen das Deck. Das war mal nötig. Sand und Hafendreck von Brindisi gehen über Bord. Werner schaut sich die Maschine an. Luftfilter, Ölstand und Kühlwasser im inneren Kreislauf. Er ist zufrieden. Die Fiat Aifo-Diesel sind robust und werden ja auch auf Segelyachten nicht überfordert. Dann kontrolliert er den Füllstand des Diesel- und des Wassertanks. Wir haben noch 600 Liter Trinkwasser an Bord. Das reicht bis zu den Kornaten. Viola sortiert inzwischen unser Lebensmittellager. Sie ist auch zufrieden, denn Afrah hat gut eingekauft. Besonders viel Oliven und Tomaten in jeder Form. Werner ist inzwischen bei der Kontrolle der Bilge angelangt. Ein bisschen Wasser steht im Schacht, vielleicht Kondenswasser. Das ist normal bei dieser Schiffsgröße.
Nun noch die Lampenkontrolle, dann ist auch schon Mittagszeit. Viola hat eine Linsensuppe aus der Büchse gezaubert und mit ein paar Tricks verfeinert. Zum Nachtisch gibt es Pudding mit roter Grütze. Lecker. Das Bordleben nimmt wieder seinen Lauf. Noch 30 Stunden bis Dubrovnik. Alle außer mir und Afrah liegen in der prallen Sonne auf den hölzernen Planken des Vordecks.

Teilweise im Segelschatten schlafen sie. Hier draußen begegnen wir immer wieder italienischen Schleppnetzfischern.
Hoffentlich haben sie nachts ihre Positionslichter an. Ich sitze im Schatten der Fock.
Afrah gesellt sich zu mir und ist heute gesprächig. Wir sprechen über das oströmische Reich, auch Byzanz genannt, mit der Hauptstadt Konstantinopel. Auch über das ehemalige Jugoslawien. Besonders interessieren sie meine Kenntnisse rund um den Kvarner Golf. Wir sprechen über die Fährstelle Porozina und über die Bucht von Lubenice auf Cres. Auch Osor und die Insel Unije sind für sie interessant. Eigenartig. Osor hatte zur oströmischen Zeit einen Handelshafen, aber Lubenice und Unije doch nicht. Was sucht sie dort? Auch eigenartige Fragen über den Einsatz der Rettungsinsel beunruhigen mich. Hat sie mehr vor, als nur die Stätten des Handels ihrer Vorvorfahren zu besuchen? So richtig werde ich nicht schlau aus ihr und diesem Gespräch.
Ich bin aber doch schon froh, dass sie mit mir über ihre nächsten Ziele spricht. Sie bezahlt das Spiel, also bestimmt sie auch die Ziele.

Während des Gesprächs ist sie immer weiter zu mir gerückt. Ihre Hand liegt auf meiner Schulter. Ihr Haar kitzelt meinen Nacken. Plötzlich ist sie über mir. Was soll das?? Fast hilflos bin ich ihren Liebkosungen ausgesetzt. Es ist nicht unangenehm, aber nachmittags auf dem Vordeck? Ich weiß nicht. Erst als Bernd neben uns steht, lässt sie von mir ab. Trinkt sie heimlich? Oder ist sie nymphoman? Drei Tage auf See können doch noch nicht solche Emotionen auslösen. Bernd räuspert sich und Afrah steht auf, richtet sich ihr Haar und geht mit einem provozierenden Blick nach achtern.
Zur Coffeetime sind auch alle anderen wieder munter.

Leider ist der Wind eingekrochen, d.h. wir haben nur noch Windstärke 2. Wir können´s nicht ändern. Um die Stimmung zu verbessern und zur Einstimmung auf Kroatien spendiere ich einen Pelinkovac, ein auf Istrien beliebter Kräuterschnaps. Natürlich, siehe oben, zu medizinischen Zwecken. Die Arznei wirkt sofort, wir nehmen die Verlängerung unserer Fahrzeit gelassen hin. Als Mike uns leckere Schnittchen zum Abendessen serviert, kündigt sich schon die Dämmerung an.

Die Sonne steht sehr tief. Als sie den Horizont küsst, sehen wir sie als blutrote Scheibe. Ihr Licht lässt die Adria erröten, wie das Gesicht eines Teenagers beim ersten Rendezvous. Farben, von denen jeder Maler träumt. Gleich kommt wieder diese dunkelblau-samtene Nacht mit tausend Sternen.

Heute habe ich keine Wache. Werner, Mike und Bernd teilen sich in die Nacht am Steuer. Ich rolle mich in meine Koje und hoffe auf eine ruhige Nacht. Im Rigg ist kein Laut zu hören, weder das Schlagen eines Falls noch der röhrende Ton des Windes im hohlen Großbaum. Ein Lufthauch schiebt uns mit knapp 3 Knoten durch die Adria.

Kurz nach Mitternacht schrecke ich durch einen lauten Schlag gegen die Bordwand auf. Und ich höre auch das Pfeifen des Windes. Bernd hat die „Hundewache“ und hat sofort Mike informiert. Gemeinsam reffen sie das Großsegel und starten den Motor. Am Schiff sind keine Beschädigungen erkennbar. Sie fahren eine halbe Meile zurück und sehen einen sehr großen Kokosfender im Wasser treiben.

Wahrscheinlich von einem Frachter verloren. Es hätte schlimmer kommen können.

Der Wind hat wieder etwas zugelegt und wir kommen gut nach Nordost voran. Nur noch ca. 15 Stunden bis Dubrovnik. Ich lege mich wieder hin, die Männer haben alles im Griff.

Zwei Stunden später ruft mich Mike, er hat inzwischen die Wache übernommen, ans Radar-Gerät. Wir sehen mindestens 15 Echos voraus. Ein großes Bojenfeld? Radarpeilungen ergeben, dass sie sich bewegen. Also Schiffe.
Dann kann das nur eine Flotte von Fischern sein. Wir ändern unseren Kurs etwas nach Süd, sodass wir gut klar kommen. Eines dieser Schiffe kommt uns sehr nahe. Wir leuchten es an und es dreht leicht weg.
Das sind italienische Trawler, die nachts in kroatischen Gewässern fischen, da die Gewässer der italienischen Ostküste fast keinen Fisch mehr haben.
Als die Trawler nach Backbord achteraus verschwinden, nehmen wir wieder Kurs auf Dubrovnik. Bald wird es hell.

Dubrovnik ist eine faszinierende Stadt. Sie liegt am Fluss Dalma und hat heute 50.000 Einwohner. Sie entstand zwischen 598 und 615, als die Bewohner der griechischen Kolonie Epidaurus vor den Slawen fliehen mussten. In einem aufgeschütteten Sumpf gründete man die Stadt Ragusium, später in Ragusa umbenannt. Sie gehörte zum byzantinischen Reich und nach 1205 zu Venedig. Ab 1358 gehörte die Stadt fast 200 Jahre zu Ungarn.
Nach einem schweren Erdbeben 1667 begann der Verfall der Stadt. Napoleon löste 1808 die Republik Ragusa auf. Die Stadt kam dann zum Königreich Dalmatien und wurde 1918 jugoslawisch.
1943 wurde Dubrovnik in das Königreich Kroatien eingegliedert. 1945 gehörte es wieder zu Jugoslawien.
1991 nach dem Tod Titos erklärte Kroatien seine Unabhängigkeit. In dem folgenden Sezessionskrieg erlitt die Stadt schwere Schäden. Heute ist das Meiste repariert.

Die alte Stadt ist ganz umgeben von spätmittelalterlichen Mauern mit verschiedenen Türmen.
Schon mehrere Male habe ich den Rundgang um die Altstadt auf diesen Mauern absolviert. Diesmal möchte ich mir das Franziskaner-Kloster und den Sponza-Palast aus dem 16.JH ansehen.
Die reiche und wohlhabende Republik Ragusa wird durch die Natur geschützt. Viele Riffe und kleine Inseln schützten schon im Altertum die Stadt vor Piraten und den starken mediterranen Winden.
Die Elaphiti-Inselgruppe mit ihrer unberührten natürlichen Schönheit wird von Gästen gern als bevorzugter Zufluchtsort angesehen. Wir werden sie später auf unserem Kurs nach Norden ganz nah sehen.

Es ist Frühstückszeit. Birgit hat die Back gedeckt und wir lassen es uns voller Vorfreude auf das alte Ragusa schmecken. Es gibt wieder ihr berühmtes Skipperfrühstück mit gebratenem Schinken und Ei.
Dubrovnik ist nur noch 4 bis 5 Stunden entfernt. Was werden wir unternehmen? Aber zuerst müssen wir im Hafen liegen. Die Einfahrt liegt nördlich der Stadt. Auf der linken Seite liegen die Fähren und kleinere Kreuzfahrtschiffe. Rechts befindet sich ein Clubhafen. Dort wollen wir anlegen, da wir von hier die beste Verkehrsverbindung zur Stadt haben. Aber vorher wollen wir dem alten Stadthafen im Süden einen Besuch abstatten.
Es ist 8 Uhr und Wachwechsel. Ich übernehme das Ruder von Mike und sehe in der Ferne die Berge Kroatiens. Die Crew macht das Schiff landfein. Die Fender und die Festmacherleinen werden bereit gelegt. Als die Sonne im Zenit steht, können wir schon die Gebäude unterscheiden.

Schon von Weitem sehen wir die Festungsmauern des Hafens Dubrovnik. Ich steuere das Schiff in den Wind, damit das Groß-segel geborgen und verpackt werden kann. Dann kommt das Besansegel dran. Es wird auch sauber eingepackt, wir wollen ja im Hafen gut aussehen. Die Vorsegel werden eingerollt und der Motor gestartet. Mit langsamer Fahrt nähern wir uns dem imposanten alten Stadthafen. Schon der erste Eindruck ist gewaltig. Riesige Festungsanlagen bestimmen das Bild.

Hafeneinfahrt von Dubrovnik

Vor dem Hafen ankern ein Dreimaster und ein Fünfmast-Vollschiff. Auch ein Kreuzfahrtschiff lässt sich dieses Panorama nicht entgehen. Wir fahren langsam nach Norden an der Stadt vorbei. Nach 4 Seemeilen stehen wir vor dem Clubhafen.

Auf unsere Anfrage per Funk nach einem Liegeplatz reagiert niemand. Also einfahren und anlegen.

Als wir in die Steggasse einbiegen, steht dort der Staff und übernimmt unsere Leinen. Super, das Schiff ist wieder fest nach 174 Seemeilen.

Ich schließe das Logbuch mit der letzten Eintragung und erweise dem Anlegebier die Ehre. Dann laufen wir in die Stadt. Die neue Stadt außerhalb der Festungsmauern enttäuscht uns etwas, nüchtern und zweckbestimmt. Mit dem Stadtbus fahren wir zur Altstadt. Der Weg geht steil bergauf. Wir sehen hinter Mauern einen riesigen Friedhof mit prachtvollen Grabmählern.

Dann kommen wir an das alte Stadttor, der Einlass in die Festung. Auf der Stadtmauer führt ein Rundweg um die Altstadt. Herrliche Ausblicke belohnen uns für das anstrengende Treppensteigen. Ich bummle durch die Gassen. Gleich am Hafen ein Glas Wein und Pasta. Dann suche ich den Onofrio-Brunnen. Er hat die Stadt über mehrere Jahrhunderte bei Belagerung mit Wasser versorgt. Ich bin von der Schönheit und Zweckmäßigkeit beeindruckt. 16 Wasserspeier schmücken den 1438 erbauten und nach seinem Architekten benannten Brunnen.

Das Wasser kommt von der 12 km entfernten Quelle eines Flusses.Nach einer Erfrischung mit Quellwasser sehe ich mir noch die St.-Blasius-Kirche an und gehe dann zurück zum Hafen.
Beim Bummeln durch die Gassen weiche ich bewusst von der Touristenroute ab. Nach der Querung eines großen Platzes sehe ich eine Treppe abzweigen. Breit und endlos aufwärts zeigend.
Nun bin ich nicht unbedingt der Treppensteiger, aber ich hab ja Zeit. Touristen kommen mir hier nicht entgegen. Alte Männer im Gespräch, Frauen mit großen Tragetaschen und eine mit einer verbeulten Gießkanne. Oben angekommen stehe ich vor einer Bruchsteinmauer. Ein gemauerter Torbogen gibt den Blick auf einen Friedhof frei. Grab an Grab, bestimmt über tausend und alle mit verzierten Gedenksteinen. Ich gehe durch die Reihen und sehe viele sehr alte Gräber, über hundert Jahre alt. Viele Reliefs, die Schiffe darstellen oder Anker. Auch Soldatengräber. Und alles unglaublich gepflegt. So etwas habe ich noch nicht gesehen. Nachdenklich steige ich die Treppen wieder hinab. Und gehe weiter Richtung Hafen. An einem Straßen-Cafe komme ich nicht vorbei. Auf einem Stuhl im Schatten sitzt Afrah. Eine gute Gelegenheit, mit ihr allein zu sprechen. Der Duft von frischem Mokka ist betäubend. Tatsächlich wird er hier noch original gemacht. Und dazu brauner Zucker. Es ist ein wunderbarer Tag.
Ich setze mich zu ihr.
Wir reden über Dubrovnik und die Adria. Mit keinem Wort über gestern Nachmittag. Bis es mir zu bunt wird.
Was sollte das gestern? frage ich sie.
Ich bin eine Frau, sagt sie selbstbewusst. Als ob das alles erklärt.
Und wie weiter? frage ich. Wir werden sehen, ist die Antwort.
Bernd hatte mich heute schon mehrmals prüfend gemustert.
Hoffentlich zieht er keine falschen Schlüsse. Ich kann Eifersucht an Bord nicht gebrauchen.

4

Auf dem Weg zum Kvarner Golf

Heute Abend wollen wir an Bord grillen. Mike hat Fisch besorgt, eine schöne große Goldbrasse. Diese großen und sehr schmackhaften Fische sind auch in der Adria selten geworden. Der Sohn vom Hafenmeister hat sie weit draußen in 65 Meter Tiefe geangelt. Nun kommt dieser schöne Fisch gleich auf den Grill, frischer geht's nicht. Die Weißweinvorräte stehen schon auf dem Cockpit-Tisch. Mike ist ein Künstler, wenn es ums Essen geht. Mit einer Handvoll Gewürzen zaubert er uns diesen herrlichen Fisch auf den Teller. Dazu gibt es getoastetes Weißbrot und frisches Obst, Feigen und Pfirsiche.
Anschließend tauschen wir unsere Erlebnisse in Dubrovnik aus und besprechen den nächsten Tag. Das Ziel soll Murter sein, eine Insel vor der Krka-Mündung, gute 130 Seemeilen entfernt.
Das könnte bei sehr gutem Wind in 24 Stunden erreichbar sein. Zumal für morgen Jugo angesagt ist, eine Schirokko-Art an der jugoslawischen Küste. Wir könnten ja mal früh um 4 Uhr starten. Dann schnell in die Koje. Heute sind wir sicher fest im Hafen und die ganze Crew kann schlafen.

Es ist 03.30 Uhr. Birgit hat den Kaffee schon fertig. Werner und Mike sind auch munter, die anderen können noch schlafen. Punkt 4 Uhr schiebt uns der Jockel aus dem Hafen.

Es ist stockdunkel. Wir setzen das Großsegel und die kleine Fock. Später noch das Besan-Segel dazu. Der Jugo packt uns und drückt uns nach Norden, mit sieben Knoten Fahrt.
Uns ist es recht. Bis zum Frühstück haben wir noch vier Stunden Zeit.
Ich nehme mir einen Kaffee und setze mich in den Salon. Um mir die Zeit zu vertreiben, wühle ich ein bisschen in der Backskiste. Ein Karton mit Büchern fällt mir ins Auge. Navigation, Gezeitenkalender, alte Hafenpläne, Seefunkdienst und vieles mehr.
Auch einige Bücher über Byzanz, das Oströmische Reich. Und siehe da, als hätte ich es geahnt, auch zwei Bücher über die Raubzüge der Wikinger. Dann gehören die Bücher wohl Afrah.
In einem steckt ein Lesezeichen.
Der gekennzeichnete Bericht handelt von dem Raubzug der Wikinger im Jahr 859. Der Wikinger Hástein plünderte mit einer Flotte von 62 Schiffen die westatlantische Küste. Dann durchquerten sie die Straße von Gibraltar und fielen plündernd in Marokko ein. Danach überwinterten sie an der Rhonemündung. Im Frühjahr 860 nahmen sie Fisole ein und verwüsteten Pisa. Hástein versuchte dann Rom, die vermeintliche Hauptstadt der Welt, einzunehmen.
Das ist doch unglaublich. Genau diesen Bericht habe ich gesucht. Also weiter.
Der Wikinger Hástein täuschte seinen Tod vor und bat zuvor um ein christliches Begräbnis. Nach dem der vermeintliche Leichnam in die Kirche eskortiert worden war, sprang er auf und erschlug zusammen mit seinen Gefolgsleuten die anwesenden Geistlichen. Am Ende mussten die Wikinger jedoch feststellen, dass sie nicht Rom sondern die Stadt Luna unter Kontrolle gebracht hatten. Im weiteren Verlauf wurden die Wikinger von einer maurischen Flotte gestellt.

Björn segelte nach Alexandria. Über den Verbleib Hásteins mit einem Teil der Flotte ist nichts bekannt.
Liegt hier der Schlüssel zu Afrahs Geheimnis? Warum hat sie mir damals gesagt, sie weiß nichts über Hástein und Rom? Und was hat das mit der Adria und dem Kvarner Golf zu tun?
Lauter Fragen. Vielleicht bekomme ich nächste Woche eine Antwort. Grübelnd gehe ich an Deck, um das Verblassen der letzten Sterne in den Wolkenlücken zu beobachten.
Voraus taucht dunkel die Insel Mjet an Steuerbord auf. Etwas entfernt streben zwei Fischtrawler ihrem Hafen zu, vielleicht Korčula. Der Jugo treibt uns weiter nach Norden.
An Backbord sehe ich die Lichter der Insel Lastovo. Hier kenne ich mich auch im Dunkel aus. Oft bin ich hier gesegelt, auch nachts. Es ist jetzt schon fast hell. Da der Himmel bewölkt ist, kann ich die Sonne nur ahnen. Acht Uhr, Zeit den Standort zu ermitteln. Ich trage den Ort in die Karte ein. Ein schönes Gefühl, morgen Abend in der Rijeka-Bucht zu sein. Die Crew ist ruhiger geworden. Wir sind jetzt schon den sechsten Tag auf See. Beim Frühstück wird wenig gesprochen. Alle Gedanken sind schon weiter nördlich. Andererseits freuen wir uns auch auf die Insel Murter und auf die Marina Hramina. Hier haben wir uns einige Male bei Sturm „abgeduckt". Unvergessen auch die Abende in der Konoba BOBA in der Butina 22. Preislich etwas über unseren Verhältnissen, aber eine ausgezeichnete Küche.
Aber noch liegt der ganze Tag vor uns. Der Jugo bläst weiterhin gleichmäßig mit 5 bis 6 Windstärken. Für unser Schiff gerade richtig. Mittags stehen wir schon zwischen den Inseln Hvar und Vis. Wenn wir am Nachmittag Brač an Steuerbord haben, folgt eine lange Strecke freies Wasser. Da wir es auf jeden Fall heute noch bis zur Insel Murter schaffen, legen wir eine Badepause ein. Der Anker fällt in einer Bucht im Nordosten von Hvar.

Auch ohne Sonne macht das Baden bei 26 °C Wassertemperatur Spaß. Glasklares Wasser, allerdings Kieselstrand. Unruhig bemerke nicht nur ich, dass Afrah mit ihrer dunklen Hautfarbe im pinkfarbenen Bikini traumhaft aussieht. Ist es nur Spiel oder beabsichtigt sie etwas?

Schon nach einer Stunde heißt es „Anker auf". Coffeetime können wir auch unterwegs machen. Aus der ruhigen Bucht geht es wieder hinaus auf die Adria. Lange hohe Wellen schieben uns vor sich her.
Wir verändern die Segel so lange, bis die richtige Geschwindigkeit erreicht ist. Das machen Werner und Mike mit Hilfe der Frauen.
Ich kopple derweil die Strecke bis Murter. Wir müssen an der Insel vorbei und dann wieder südwärts durch eine flache enge Durchfahrt.
Das wird im Dunklen nicht möglich sein, da die Tonnen nicht befeuert sind. Die zweite Einfahrt ist mit maximal 2,30 Meter Wassertiefe zu flach, wir brauchen 3 Meter. Aber es sind nur noch 42 Seemeilen, d.h. wir können gegen 20 Uhr im Hafen sein. Der Kurs verläuft zwischen den Inseln Kaprije an Steuerbord und Zirje an Backbord. Im Augenblick haben wir rundum nur Wasser. Und dann kommt noch Afrah und fragt mich, ob wir nicht mal eine Rettungsübung machen müssten. Mit meiner Crew von vier Skippern! Die haben alle schon Seenotfälle life erlebt, die brauchen keine Simulation. Aber dann denke ich: Warum nicht. Das lockert den Bordalltag etwas auf. Afrah schlägt vor, einen Fender über Bord zu werfen und diesen dann mit dem Schlauchboot zu bergen. Das kommt bei Wind 6 nicht in Frage, sage ich ihr. Wir machen das klassisch unter Segeln mit Aufschießer. So geschieht es dann auch.

Ich sehe inzwischen hinter jedem ihrer Vorschläge etwas Unbekanntes, was ich nicht durchschaue. Und ich bilde mir ein, dass ich wachsam sein muss. Ein unbestimmtes Gefühl.
Obwohl mir die Frau andererseits imponiert. Wir sind ja bald vor Ort, dann werde ich schon erfahren, was sie wirklich vorhat.
Am Nachmittag sehe ich in der Ferne eine gewaltige Rauchwolke. Nach einer Peilung müsste das Kaprije sein. Die Insel brennt. Bald sehen wir auch die Wasserflugzeuge, die den Brand zu löschen versuchen. Sie fliegen direkt neben uns bis auf die Wasseroberfläche, nehmen Löschwasser auf und starten dann wieder durch. Es dauert Tage, bis so ein Brand gelöscht ist.
Wir werden Kaprije vorsichtshalber wegen des Rauchs innen zwischen den Inseln Zmajan und Tijat passieren.
Wir sind jetzt auf der Höhe der Krka-Mündung. Die Einfahrt ist nur zu ahnen. Aber mit dem Fernglas sehe ich die Festungsanlagen. Ich war ja auch schon oft genug hier.
An der Mündung des Flusses Krka wurde im 16. Jahrhundert die Renaissancefestung des heiligen Nicholas zur Abwehr türkischer Angriffe vom Meer erbaut.

Festung St. Nicholas

Der untere Teil besteht aus weißem Stein und der obere aus rotem Backstein. Sie schützt den Kanal St. Ante, die Einfahrt nach Sibenik.
Um 19 Uhr sind wir dann an den vorgelagerten Inseln vorbei und nehmen Kurs auf die Insel Murter. Als die nördliche Inselgruppe davor erreicht ist, bergen wir die Segel.
Hier im Windschatten ist es gleich ruhiger. Ich muss aufpassen, mitten im Kanal liegen eine große Untiefe und gleich dahinter ein Unterwasserfelsen. Aber alles geht gut. Vom Tower lasse ich mir einen schönen Liegeplatz anweisen, nicht weit von der Tankstelle, am großen Hafentor. Es ist ruhig im Hafen. Wir finden den Liegeplatz sofort, eine lange Mole an der beidseitig Yachten liegen. Es ist kein Marinero zu sehen. Die meisten Yachten legen zwischen 16 und 17 Uhr an. Mike springt an Land und legt die Achterleinen über die Poller. Nachdem alles aufgeklart ist und an seinem Platz liegt, wird der Anlegesekt von Viola serviert. Wir trinken auf die letzten 16 Segel-Stunden.
Da es schon spät ist, machen wir uns auf den kurzen Weg zur Konoba BOBA. Draußen unter dem Vordach ist es voll. Also in die Gaststube. Hier sind noch ein paar Plätze zu haben. Ein großer, scheunenartiger, gut eingerichteter Raum.
Schon seit vielen Jahren kehre ich hier mit meinen Crews ein. Grund ist die exquisite dalmatinische Küche. Auch diesmal werden wir nicht enttäuscht. Ich habe eine gemischte Vorspeise mit Wildsalami, Käse von Pag, Hummercreme, Salzsardinen und Oliven gewählt. Als Hauptgang kommt eine Pasticada mit Gnocchi, eingelegtes Rindfleisch in Gewürzsoße.
Der Nachtisch ist die Krönung: Eine Rožata, Karamelcreme mit ein paar Tropfen Rosenwasser. Das ist kaum zu überbieten, höchstens noch von Velimir auf Silba.

Ich habe mir eine Flasche Dalmatinischen Weißwein bestellt, den mit dem Eselchen auf dem Flaschenetikett. Wir sprechen über dies und jenes und machen uns dann auf den Heimweg.
Die Butina hinauf, dann durch eine Gasse auf den Busparkplatz und schon sind wir an der Marina und am Schiff. Diese Nacht ist eigentlich zum Schlafen zu schade. Ich locke eine gute Flasche Weißwein aus meiner eisernen Reserve in das Cockpit und habe sofort Gesellschaft.
Mike, Birgit, Afrah und Werner wollen mir helfen. Bernd macht noch einen Hafenrundgang und Viola ist müde in die Koje gesunken. Sie hat morgen Backschaft. Als die Flasche leer ist, bei dieser tatkräftigen Hilfe war das nicht schwer, verschwinden meine Zechkumpane. Bis morgen früh.
Ich sitze noch auf der „Lügenbank“ am Heckkorb und betrachte die Lichtspiegelungen auf dem Wasser. Hafenatmosphäre ist immer etwas Besonderes, vor allem nachts. Ab und zu springt noch vereinzelt ein Fisch. Auf einigen Yachten schlägt ein Fall im Wind gegen den Mast, die klopfenden Töne sind sehr unterschiedlich, nicht so aufregend wie ein Solo von Ringo Starr, eher beruhigend. Entfernt blubbert der Diesel eines auslaufenden Fischerbootes. Es ist diese laute Stille und der salzige Geruch von nassem Holz, den ich gegen nichts in der Welt tauschen möchte.
Und dieses ganz leichte Schlingern des Schiffes im Takt der Wellen. Der Himmel reißt ab und zu auf, da wird der Jugo bald Geschichte sein. Aber dieser Wind hat uns geholfen, im Zeitplan zu bleiben. Ein spät heimkehrendes Pärchen kommt über den Steg, lautlos, die Köpfe zusammen gesteckt, verschwinden sie wieder in der Dunkelheit. Die eigentlich keine ist, denn der Mond ist nicht ganz von Wolken bedeckt und betrachtet sich im blauschwarzen Hafenwasser.
Weit entfernt läutet eine Kirchenglocke, es ist Mitternacht.

Das Schlagen der Fallen hat nachgelassen, also schläft der Wind ein. Das werde auch ich jetzt tun.
Das leise Knarren der Festmacherleinen begleitet mich in die Koje. Neben Viola liegend schlummere ich ein. Ich habe wiedermal einen Hauch von der großen Freiheit gespürt. Also bis morgen früh.
Der Morgen ist ein völlig anderer als gestern. Blauer Himmel und Sonne satt, schon um acht Uhr. Und Viola hat auch schon das Frühstück auf dem Tisch. Viel Obst, lauter gesunde Sachen, darauf legt sie viel Wert. Ich freue mich auf einen starken Kaffee.
Und natürlich auf die selbstgemachte Konfitüre mit Ingwer von Birgit.
Um neun Uhr starten wir, nordwärts. Wenn wir Zeit übrig hätten, könnten wir durch die Inselwelt der Kornaten segeln. Aber zuerst die Arbeit, in diesem Falle das Ziel Volosko. Als wir nördlich von Murter im Zadar-Kanal stehen, muss ich leider feststellen, dass kein Wind zum Segeln vorhanden ist.
Der Diesel bleibt also aktiv und wir motoren nach Norden.
Zuerst sehen wir Biograd an Steuerbord, dann Sukosan und kurz darauf Zadar. Mit knapp 7 Knoten ziehen wir unsere Bahn. An der Backbordseite taucht die Einfahrt in den Hafen Olive Island auf, sehr zu empfehlen. Der Ort heißt Sutomišcica. Ein paar Stunden später haben wir die Insel Pag an Steuerbord. Hier wird der beste Käse der Welt produziert. Auf unserer Seite ist die Insel bewaldet und grün. Auf der Seite zum Festland ist sie kahl, nur etwas mit Macchia bewachsen. Ursache ist die Bora, dieser kalte Nordostwind, der den Salzwassernebel auf die Macchia sprüht.Da die Schafe diese salzigen Gräser gerne fressen, geben sie eine besondere Milch. Diese wird dann zu dem Käse verarbeitet, der auf der Käse-Messe in Paris den ersten Platz belegt hat. Leider haben wir keine Zeit um den Käse zu kosten.

In Sichtweite liegt die Einfahrt des Hafens Rab. So verlockend der Gedanke an diesen schönen Hafen ist, wir müssen weiter. Jetzt ist auch wieder etwas Wind aufgekommen, der das Segeln möglich macht.

Rab

Als der Diesel verstummt, höre ich ein lautes „Aaaahhhh“ von der Crew. Dieses fast lautlose Segeln ist eher ihre Welt. Das Schiff nähert sich der Insel Krk. Dieser Maestral zwingt uns zu kreuzen. Da er aber zunimmt, bringt uns das voran. Den nächsten Schlag am Wind müssen wir abbrechen, da sich die Fähre von Cres nähert. Hinter ihrem Heck liegen wir wieder auf dem alten Kurs in die Rijeka-Bucht. Noch zwei Stunden bis zum Ziel.
An Steuerbord sehen wir die Stadt Rijeka und die riesigen Hafenanlagen. Zuerst der Ölhafen, dann die Werft, einst die größte Jugoslawiens. Im Hafen liegen große Frachter. Die voraus liegende Seite der Bucht ist die Ostküste Istriens, eine der vier Regionen Kroatiens.

Diese Küste ist wildromantisch-felsig und mit dem besten Wetter Kroatiens gesegnet.
Hier spricht man überwiegend österreichisch.
Die Villen in Opatia wurden als Erholungsort von der österreichischen Südbahngesellschaft errichtet. Opatija war auch der Urlaubsort von Kaiser Franz Josef. Viele Villen und Straßen mit österreichischen Namen erinnern daran.
Und natürlich der Kaiser-Franz-Josef-Weg von Opatija nach Volosko. Ein Weg, immer zwischen Villen und dem Meer entlang. Volosko wurde 1543 erstmals urkundlich erwähnt.
Es ist ein kleiner Fischerort im äußersten Winkel der Rijeka-Bucht. Der Hafen Mandrac hat keine bewirtschaftete Marina, nur einen Anleger für zwei Yachten. Wenn der belegt ist, muss man davor Ankern oder weiter segeln. Wir haben Glück, an der Mole ist noch ein Platz frei. Auf der anderen Seite der Mole befindet sich ein Meeresfreibad. Wir haben also Logenplätze morgen früh. Hafengebühr gibt es hier nicht, auch keinen Strom, kein Wasser und keine Toiletten. Dafür aber eine Konoba direkt am Steg. Wir werden auf dem Schiff von netten kroatischen Mädels bedient. Das gefällt uns natürlich sehr, zumindest den Männern. Obwohl rund um das Hafenbecken Gaststätten zu sehen sind, gibt es heute mal Suppe aus der Bordküche. Auch ganz lecker.
Danach setzen wir uns mit Afrah zusammen und wollen ihren weiteren Plan erfahren. Am Kvarner Golf auf beiden Seiten, besonders aber an Istriens Küste, fällt der 200 Meter hohe Felsen senkrecht ins Meer ab. Am Fuße der Felsen ist das Meer 50 bis 80 Meter tief, keine Möglichkeit zum Ankern oder Anlegen. Die erste Möglichkeit bietet sich erst wieder am Fähranleger Porozina auf der Insel Cres. Hier befindet sich eine kleine Bucht und eine Straße führt in die Berge.

Hafen Mandrac, Volosko

Und tatsächlich: Afrah gibt als erstes Ziel die Bucht von Porozina an. Kein Ort, nur ein Fähranleger. Was machen wir da? frage ich. Bitte keine Fragen, sagt Afrah.

Trotzdem eigenartig, in einer kleinen Bucht nach Zeugnissen der Handelstätigkeit ihrer Vor-, Vorfahren zu suchen. Aber mir soll`s erst mal egal sein. So sitzen wir noch eine ganze Weile im Cockpit der Yacht und jeder hängt seinen Gedanken nach. Dieser Hafen Volosko ist wirklich ganz speziell, zwei Dutzend Fischerboote und zwei Liegeplätze für Yachten an der Mole. Und rund herum auf Rufweite Gaststätten und kleine Häuser am felsigen Hang. Ich bummle zum anderen Ende des Hafens, keine 50 Meter. Hier hat ein Künstler sein Domizil.

Ich wechsele ein paar Worte mit ihm und betrete das Atelier. Es ist mehr eine Werkstatt, halb restaurierte Möbel stehen genauso da, wie angefangene Skulpturen. Angetan haben es mir die Aquarelle. Ich kaufe zwei Stück, signiert mit dem Namen GORAN. Auf der Mole balgt sich eine ganze Rotte Katzen um einen Fisch. Sehr magere, langbeinige Katzen mit kurzem Haar, wohl mit afrikanischen Vorfahren.

Dann bin ich am Beginn des Franz-Josef-Weges angelangt. Ich gehe aber zurück zum Hafen.

Da liegt die „Afrah II" vor mir. In diesem kleinen Hafen wirkt sie gewaltig groß. Auf dem Steg stehen auch viele Zuschauer, die die große Yacht bestaunen. Die Zeiten, als hier große Frachtsegler anlegten, sind lange vorbei. Unter den Augen der Kinder und Urlauber machen wir Coffeetime an Deck.

Eigentlich geht es ja schon auf den Abend zu, aber wir sitzen hier so schön zusammen und haben alle Zeit der Welt. Gegenüber öffnet die Konoba. Zwei Frauen kommen an die Reling und fragen nach unseren Getränkewünschen.

Das gibt es nur in Volosko. Die Gaststätte bietet uns gegrillte Kalamaries mit Mangold und Kartoffeln an. Da sagen wir nicht nein. Über die Reling wird serviert. Schmeckt gut, so unkonventionell an der Kaikante.

Nach dem Essen spazieren wir auf dem Franz-Josef-Weg an der Küste entlang nach Opatija. Traumhafte alte Villen mit riesigen Gärten und Zugang zum Meer bestaunen wir immer wieder. Ebenso die in den Fels gehauenen Stufen zum Strand. Eigentlich könnten wir noch einen Sundowner gebrauchen. Wir versuchen es in einem Hotel über dem Yacht-Hafen. Die Entrüstung steht dem Türsteher ins Gesicht geschrieben. Ohne Anzug kommt man hier nicht rein.

Ein Blick in den Yachthafen zeigt uns warum das so ist. Keine Segelyachten, nur feudale Motoryachten, eine immer noch größer als die andere. Die Skipper ganz in Weiß und natürlich im Anzug ins Hotel. Das ist nichts für uns.
Also zurück zum Schiff und die eigene Getränkekammer erleichtert.

Plötzlich steht der Künstler Jordan vor unserem Schiff. Ich kenne ihn von vielen Törns in diesem Teil der Adria. Habe ihn vor Jahren mal in der Bucht U Maracol der Insel Unije getroffen und er hat meine 58 ft-Ketch bewundert. Nach einigen Gesprächen hat er mich eingeladen, sein Atelier in Volosko zu besuchen. Das habe ich dann auch getan und war von seinen Arbeiten beeindruckt. Später einige Aquarelle von ihm erstanden.´, die noch immer mein Büro schmücken. Einige habe ich an gute Freunde verschenkt. Das Motiv ist seine Küste, oft auch der Hafen von Volosko. Gern kommt er auf unser Schiff, als ich ihm einen Espresso anbiete. Er hat jetzt eine große Galerie in oberen Teil von Volosko, nicht mehr das kleine Atelier am Hafen. Er freut sich wirklich, mich wieder zu treffen. Also begleite ich ihn und schaue mich im Atelier um. Seine Arbeiten werden von Arbeiten einheimischer Künstler ergänzt. Ich kaufe noch ein sehr schönes Aquarell vom Hafen. Er schenkt mir eine Skizze eines Dreimast-Schoners, die ich erfreut annehme, da sie mir bei meinem vorjährigen Besuch schon aufgefallen ist.

Wieder an Bord nehme ich mir die große Seekarte und versuche zu erraten, welches Ziel wir nach Porozina ansteuern werden. Mein Tipp ist der alte Handelsplatz Cres in einer geschützten Bucht. Da gibt es vielleicht ein paar Aufzeichnungen.

Im Augenblick kann ich nur mit Werner darüber sprechen. Wir lassen uns überraschen.
Da wir morgen zeitig starten wollen, ist heute bald Ruhe im Schiff angesagt.

5

Die Schatzsuche

Am nächsten Morgen werden wir brutal vom Geschrei der Möwen geweckt. Es ist kurz vor 7 Uhr. Auf der Bucht vor dem Hafen bietet sich ein grandioses Schauspiel. Ein riesiger Schwarm Schmetterlinge bevölkert die Rijeka-Bucht. Nein, das sind keine Schmetterlinge, das sind Surfer. Wir erfahren, dass jeden Morgen zwischen 7 und 8 Uhr ein starker ablandiger Wind von den Bergen weht. Das nutzen die Surfer für ihren Sport. Ein kurzes Vergnügen, meistens herrscht hier Windstille. Auch wir nutzen den Wind und legen schnell ab. Frühstück gibt es auf See. Als wir den Zwangsweg südlich von Opatija erreichen, ist der Wind tatsächlich eingeschlafen. Also motoren wir langsam Richtung Südwesten, immer an der Steilküste entlang. Wir sehen einige Kreuze an den Felsen und auch zwei Tafeln für verunglückte Schiffe. Mich hat in dieser Region auch mal ein Orkan mit 12 Windstärken und 5 Meter hohen Wellen erwischt. Damals haben wir das mit Glück und Können überstanden, Birgit, ich und acht Urlauber. Das wünsche ich mir nicht nochmal. Jetzt queren wir das Fahrwasser und steuern auf Porozina zu.

Die Fährstelle liegt in einer kleinen Bucht. Anlegen ist nicht möglich. Zum Ankern ist es eigentlich zu tief. Aber da Afrah darauf besteht, ankern wir bei 12 Meter Wassertiefe.

Hoffentlich verfängt sich der Anker nicht.
So ein großes Teil von fast 100 kg ist richtig teuer.
Da sind wir nun. Was passiert jetzt?
Bernd macht seine Tauchausrüstung klar. Aha, Afrah sucht etwas unter Wasser. An dieser Seite der Küste liegen wenige oder keine gesunkenen Schiffe. Wir haben früher mal hier getaucht und nur verlorene Anker unter Wasser gesehen.
Das Wasser ist hier so klar, dass man mindestens 30 bis 50 Meter unter Wasser sehen kann.
Als Bernd nach fast 2 Stunden vom Tauchgang zurück kommt, bestätigt er, was ich weiß:
Jede Menge verlorener Anker aller Größen liegen in der Bucht. Da diese so klein ist, bietet sie bei Sturm keinen ausreichenden Schutz. Außerdem hält der Anker nicht im Geröll. Ich möchte weiter fahren, aber Afrah ist dagegen. Sie möchte Bernd morgen nochmal ins Wasser schicken. Ich hole mir nochmal den Wetterbericht. Mich beunruhigt das starke Tief über der Türkei. Wenn daraus in der Nacht eine Bora wird, dann liegt morgen noch ein Schiff auf dem Grund. Ich starte also den Diesel und lasse den Anker hieven. Das ruft Afrah auf den Plan. Sie tobt. Ich versuche ihr klar zu machen, dass ich das Kommando über diese Yacht abgebe, wenn sie auf ihrem Plan besteht. Auch meine Crew würde dann nicht mehr zur Verfügung stehen.
Wir haben fast eine Woche Zeit, später nochmal hierher zu segeln. Das beruhigt sie etwas. Wenn sie mir erzählen würde, was sie sucht, könnte ich ihr bestimmt helfen. Ich kenne die Gegend außerordentlich gut. Da der Wind sich wieder aufgemacht hat, segeln wir weiter nach Süden.
Ich schlage ihr den Hafen Cres für ihre Recherchen vor. Kein Interesse. Sie sucht etwas unter Wasser. Nach 1200 Jahren.

Lubenice, das alte Seeräubernest könnte sie vielleicht interessieren. Die Bucht ist größer und man kann vor Anker mit einer Heckleine an Land festmachen.
Hier lässt es sich auch bei Bora aushalten. Und als ich ihr von der Plava Laguna, der blauen Grotte erzähle, ist sie einverstanden. Gesagt, getan. Wild romantisch ist die Küste. Als sich urplötzlich die Bucht vor uns öffnet, ist sie begeistert. Und wo ist jetzt der Ort Lubenice? fragt sie.
Vierhundert Meter über uns auf dem steilen Felsen.
Ich sehe ihn aber nicht, sagt sie ungläubig.
Mehrere Jahre habe ich diesen Ort gesucht, er ist zwischen den Felsen von unten fast unsichtbar. Wir laufen in die Bucht ein.
Sicher ankern kann man nur bei ca. 12 Meter Wassertiefe. Dort fasst der Anker, aber das Schiff liegt unruhig im Schwell.

Lubenice

Besser ist es näher am Strand zu ankern, auch wenn der Anker nicht so gut hält. Dann nehmen wir eben zwei davon. Hier können wir vom Heck eine Landleine anbringen. Jetzt liegen wir auch bei etwaiger Bora richtig. Das sieht nun auch Afrah ein. Die Crew schlägt vor, auf den Berg nach Lubenice zu steigen. Alle sind begeistert, nur Bernd und Afrah bleiben an Bord.

Der Aufstieg ist brutal steil, nur Rollkies bei einer Steigung zwischen 20 und 25 Prozent. Und die Sonne knallt uns auf die Köpfe. Nach 20 Minuten haben wir die Baumgrenze erreicht. Ein 30 bis 40 Meter breiter Macchia-Gürtel geht über in einen Steineichenwald.

Jetzt haben wir endlich etwas Schatten. Ein schmaler Steig am Abgrund windet sich bergwärts. Wir klettern über große Steine und Wurzeln. Noch 200 Meter über freien Felsen, dann stehen wir vor einer alten Kapelle. Lubenice.

Der Ort scheint verlassen. Hinter der Kapelle steht eine festungsähnliche Kirche. Hier haben sicher in Notzeiten die Einwohner Schutz gefunden. Beim Gang durch die wenigen Gassen zwischen den verfallenen Häusern hätten wir bald eine alte Frau übersehen. Sie sitzt schwarz verhüllt in einem Türbogen. Als sie uns sieht, flieht sie ins Innere des Gebäudes. Gleich dahinter befindet sich ein Erdloch, aus dem Gegacker schallt, abgedeckt mit einem Drahtgitter. Hühner. Also leben Menschen hier. Hinter den zwölf zum Teil verfallenen Gebäuden stürzt der Felsen 400 Meter ab. Die Felswand ist an einer Stelle rußgeschwärzt. Hier wird oder wurde offensichtlich der Müll verbrannt. Eine Kellertür steht offen, ein Mann bittet uns herein. An der Decke hängen gefüllte Ziegenbälge, mit Wein und Schaps, wie er sagt. Nein, wir wollen nichts kaufen. Aber kosten müssen wir unbedingt. Der Weg führt weiter bergauf. Am höchsten Punkt steht wieder eine kleine Kapelle. Der Friedhof.

Friedhof Lubenice, ein fast vergessener Ort

Zwei Dutzend gepflegte Gräber schauen nach allen Seiten aufs Meer. Hier weht der Wind immer, seit Jahrtausenden. Wir sind beeindruckt von diesem Ort der Stille.

Es wird Zeit, den Abstieg zu wagen. Abwärts ist es genauso anstrengend. Ständig rutscht einer auf dem Geröll aus. Drei Stunden nach Beginn des mühsamen Aufstiegs sind wir wieder an Bord. Niemand ist auf dem Schiff. Wo sind Afrah und Bernd? Die Tauchausrüstung von Bernd ist nicht an ihrem Platz. Also werden sie wohl in die Blaue Grotte, die Plava Laguna, geschwommen sein. In diesem Karstgebirge gibt es unzählige Höhlen und Grotten. In der Blauen Grotte war ich schon mehrmals. Nach einem Einstieg geht es ca. 50 Meter horizontal durch einen Stollen, bevor sich eine große Grotte öffnet.

Die Decke wölbt sich sehr hoch über einem Kiesstrand. Diffuses blaues Licht gab der Grotte den Namen. Das Licht kommt vom Grunde des unterirdischen Sees. Eine Verbindung nach draußen zur Bucht lässt unter Wasser etwas Licht rein. Ein toller Effekt. Bernd hat nebenan eine weitere Grotte entdeckt, etwas kleiner und dunkel. Aber keinen Schatz? werfe ich ein, denn danach suchen wir doch wohl!? Die Antwort bleibt aus. Wir gehen nochmal im glasklaren Wasser schwimmen, in 10 Meter Tiefe sehe ich jeden Kiesel. Hier liegt kein Schatz.
Zur Ferienzeit tummeln sich hier die Ausflugsboote und hunderte schwimmen in die Grotte. Jetzt ist es dagegen angenehm.
Heute nutzen wir die Gelegenheit zum Grillen. Der Strand ist so breit, dass keine Gefahr durch Funkenflug besteht. Zwei Baumstämme aus dem Treibgut bilden die Sitzgelegenheit. Auf dem Rost liegen schon 7 Steaks und viel Gemüse. Der Duft mischt sich mit dem Salzgeruch des Meeres. Die abstrahlende Wärme und ein kreisender Becher mit Grappa machen uns friedlich und ruhig.

Leuchtturm Kap Crna Punta

Vor uns der Kvarner Golf in seiner ganzen Breite, das Ufer von Istrien ist nicht zu sehen. Aber ein Leuchtfeuer mit zwei weißen Blitzen alle 10 Sekunden ist zu sehen. Im Leuchtfeuerverzeichnis finde ich die Beschreibung: südlich des Ortes Skitača, Leuchtturm Crna Punta, 1873 erbaut. Er schickt uns alle zehn Sekunden seine Grüße übers dunkle Meer. Wir zwinkern zurück.

Vom Leuchtturm am Kap Crna Punta gibt es eine Legende über Schatzsucher und verschwundenes Gold. Bei ihrer Suche im Meer haben sie geheimnisvolle unterirdische Gänge entdeckt. In denen wurde leider kein Gold gefunden, aber Steinplatten mit seltsamen Symbolen. Viele Fragen sind bisher nicht beantwortet worden. So wie bei mir. Ich erzähle aber hier am Feuer nichts von den Schatzsuchern.

Bernd hat plötzlich eine Mundharmonika in den Händen und spielt. Lieder vom Meer, von Liebe, Sehnsucht, tapferen Männern auf den Schiffen und wunderschönen Frauen, die zu Hause warten. Wir summen mit und kommen ins Träumen.

Wenn man bedenkt, dass hier vor 4000 Jahren die Menschen, die nach der Zerstörung Trojas geflohen sind, am Feuer gesessen haben.
Und 2500 Jahre später das Schiffsvolk maurischer Händler und vielleicht auch die Wikinger? Wer weiß es. Bei diesem Gedanken durchläuft mich ein Schauer. Im Blick auf die viertausend Jahre wird mir die eigene Bedeutungslosigkeit für den Gang der Geschichte bewusst.
Bernd spielt immer noch. Jetzt ist er bei dem Lied „Herrlicher Baikal" angekommen. Die Mädels singen voller Inbrunst mit, eher piano, um die Einmaligkeit der Stunde nicht zu stören.
Auf dem Schiff treffen wir uns wieder zum Absacker. Ich frage Afrah nach ihren Plänen für morgen. Sie möchte nach Osor. Da bin ich aber erstaunt, es gibt dort unter Wasser nichts zu sehen. Die Strömung ist bis zu 6 Knoten stark. Andererseits freue ich mich, diesen Ort am Kavada-Kanal mal wieder zu besuchen.
Osor wurde in der Antike nach byzantinischen Quellen Opsara genannt. Es ist die älteste Siedlung und erste bedeutende Stadt von Cres und Lošinj. Unter Herrschaft des Römischen Reiches wurde die Insel an der schmalsten Stelle durch einen 11 Meter breiten Graben getrennt und schiffbar gemacht. Im Mittelalter hatte Osor seine Blütezeit mit 30.000 Einwohnern. Im 9. Jahrhundert wurde die Stadt von den Sarazenen zerstört und im 14. Jahrhundert nochmal von der Republik Genua. Heute ist Osor eine kleine Siedlung mit 80 Einwohnern. Viele der Bewohner sind Künstler. Neben viel Grün in den Gassen und prächtigen Blüten auf den Mauern sieht man überall Skulpturen. Bedeutung hat vor allem die alte Kathedrale. Wir gehen zum Kanal und sehen uns die starke Strömung an.

Kavada-Kanal in Osor

Nach den Zerstörungen im Mittelalter versandete der Kanal und verlor seine Bedeutung. Heute wird er von einer Drehbrücke überspannt, die sich für Yachten zweimal am Tag öffnet. Der Weg zurück zum Schiff führt uns über den Marktplatz und dann über das Ruinenfeld der alten Stadt. Überall liegen zerborstene Säulen und zerstörte Kapitelle.

Die kleine Gemeinde unternimmt viele Anstrengungen, die Zeugen aus byzantinischer Zeit zu erhalten. Eine Herkules-Aufgabe. Deshalb haben wir in der Kathedrale in Erwartung unseres Schatzes, den wir finden werden, eine ordentliche Spende in die Sammelbüchse gelegt.

Auf dem Schiff sitzen wir noch eine Weile und sprechen über weitere Pläne. Afrah möchte zur Insel Unije, ich lieber nach Silba.

Also erzähle ich ihr von der zu 90 Prozent unbewohnten Insel mit den vielen Klippen und gestrandeten Schiffen.
Tatsächlich war die Insel früher als Kapitänsinsel bekannt.

Osor

Hier stand die bedeutendste Seefahrtschule der Adria. Das schien sie zu überzeugen.
Ja, Silba soll es sein, Unije läuft uns nicht weg.
Ich freue mich, dass ich meinen Freund Velemir und seinen Vater Milos mal wieder sehen werde. Und natürlich Mama Silba, die Frau von Milos. Bevor ich einschlafe, denke ich noch: Afrah ist doch ganz nett. Vielleicht will sie wirklich nur einen Abenteuerurlaub. Und meine Bedenken sind völlig unnötig. Aber ihre Kenntnis von meiner Whisky-Marke, welchen Zucker ich bevorzuge, wo meine Vorfahren herkommen, macht mir schon etwas Angst. Woher weiß sie das alles?

Dann schlafe ich neben Viola tief und traumlos. Am Morgen hat der Wind deutlich nachgelassen. Wir nehmen die Brückenöffnung um 9 Uhr. Es ist nicht einfach, bei diesem Gegenstrom durch den Kanal zu kommen. Unser Vordermann fährt zu langsam, wird prompt gegen die Kanalwand gedrückt und schlägt quer. Ich warte bis das Fahrwasser wieder frei ist, hole weit aus und fahre mit über 7 Knoten in den Kanal, vorsichtshalber mit allen Fendern.

Aber es passt. Als wir wieder freies Wasser haben, segeln wir zwischen Lošinj und Cres Richtung Silba.

Und frühstücken auf See. Um 10 Uhr!

Wir segeln an der Nordostküste von Lošinj entlang. Mehrmals begleiten uns Delphine. Hier ist Delphin-Schutzgebiet.

Langsam aber stetig geht es nach Süden. Bis auf Bernd ist meine Crew schon mehrmals mit mir auf Silba gewesen. Immer wieder für uns ein Erlebnis. Was erhofft sich Afrah von der Insel?

Hat meine Erzählung von den gesunkenen Schiffen sie neugierig gemacht? Vielleicht hofft sie etwas unter Wasser zu sehen. Gucken dürfen wir ja, aber etwas an Bord nehmen, ist in Kroatien verboten und wird schwer bestraft. Das weiß sie sicher.

Außerdem ist das Wasser hier mit 40 bis 80 Meter nicht tief genug, um Schätze zweitausend Jahre zu hüten. Ständig fahren Fischer mit Schleppnetzen über den Grund. Das wird sie bestimmt auch wissen. Silba kommt näher. Wenn ich diese Insel schon in der Ferne sehe, habe ich immer das eigenartige Gefühl, anzukommen, wo ich schon immer hin wollte. Das hängt sicher auch mit dem ersten Mal zusammen.

Es war vor vielen Jahren.

Ich segelte mit der Ketsch „Wappen von Silba", eine Mikado 58, von Novigrad nach Silba. Die Insel, die dem Schiff den Namen gab, wollte ich kennen lernen.

Außerdem hatte ich mal in einem alten Buch eine Passage über die Kapitäns-Insel gelesen. Darin waren ein Mann und eine Frau erwähnt, die in der Nähe des westlichen Hafens Zalic wohnten und Segler im Tauschhandel bewirteten. Sie kochten dalmatinische Gerichte und die Segler brachten ihnen Lebensmittel und Getränke mit. Der Mann hieß Milos. Ihn wollte ich suchen.
Die Yacht hatte während des ersten Krieges 1991 bis 1995 von Novigrad mit ihrem damaligen Besitzer Hans Rott die Insel mit Lebensmitteln und anderem versorgt. Die Regatten von Novigrad nach Silba waren legendär.
Die Regatta-Abschluss-Party fand in der Konoba Milos statt. Seine Frau, von allen Mama Silba genannt, taufte das Schiff auf den Namen „Wappen von Silba“.
War es der Milos aus dem alten Buch?
Ich könnte es nicht mit Sicherheit sagen. Als ich damals das erste Mal in Silba anlegte, kam mir Velimir, der Sohn von Milos, entgegen und half mir beim Festmachen. Der Hafen war fast leer. Die Insel ohne Autos und Motorräder hat mich mit ihrer Ruhe von Anfang an fasziniert. Weitläufige Wege im Ortsbereich, manchmal sehr breit und unbefestigt, manchmal sehr schmal.
Außerhalb des Ortes undurchdringliche Macchia. Und dieser Geruch. Den gibt es nur einmal auf der Welt. Die salzige Seeluft mischt sich hier mit dem Duft von tausend Kräutern: Lavendel, Rosmarin, Salbei, Thymian, Zistrose, Lorbeer und vielen anderen. Ich stand in diesem warmen samtenen Wind und saugte die Gerüche ein. Seitdem komme ich von der Insel nicht mehr los.
Ich habe hier bei fast fünfzig Besuchen mit verschiedenen Yachten unglaublich Schönes erlebt.
Milos und Mama Silba sind alt geworden und betreiben die Konoba nicht mehr.

Ihr Sohn Velimir hat am Osthafen ein neues Restaurant eröffnet, das „Restoran Silba". Auch darauf freue ich mich und auf das Wiedersehen.
Vor der Hafeneinfahrt von Silba gibt es eine große Bucht mit feinem Sand am Grund. Hier liegen Bojen aus. Wir machen fest und gehen sofort baden. Das Wasser ist glasklar und hat durch die Sonnenspiegelung auf dem Grund eine hell-lindgrüne Farbe.
Velimir hat uns schon gesehen und winkt von der Hafenmauer.
Ich fahre mit dem Beiboot hinüber und wir begrüßen uns herzlich. Was hast Du denn diesmal für ein Schiff? fragt er.
Diesmal kein Urlaub sondern Arbeit, aber angenehme, antworte ich. Kommt ihr heute Abend zu mir essen? fragt er.
Was denn sonst, verspreche ich.
Möchtest Du eine dalmatinische Peka mit Oktopus für alle?
bietet er mir an. Das dauert aber ein paar Stunden.

Restoran Silba, Osthafen

Kein Problem, wir freuen uns darauf, entgegne ich begeistert.

Für dieses Essen braucht es eine lange Vorbereitungszeit. Kartoffeln und viele Arten Gemüse werden zusammen mit Fisch oder Fleisch auf einer Platte über einem offenen Feuer, abgedeckt mit einer gusseisernen Glocke, gegart.

Auf dem Rückweg zum Schiff sehe ich auf einer Yacht ein bekanntes Gesicht. Das ist doch mein Freund Wolfgang. Als ich vor seiner Yacht stehe, bekommt er große Augen. Wo kommst du her? ruft er.

Wolfgang

Ich erkläre ihm mit kurzen Worten meine bisherige Reise.

Und meine Bedenken hinsichtlich Afrah. Ich bin noch eine Woche hier, ganz in deiner Nähe. Sag deiner Crew nichts, bittet er.

Und wenn du Probleme bekommst, ruf mich per Funk.

Oder schick mir eine Nachricht, setzt er noch hinzu.

Ja, danke, das beruhigt mich etwas. Ich wünsche dir einen schönen Resturlaub. Allerdings hätte ich nicht geglaubt, dass wir uns so schnell wiedersehen sollten. Ich rudere zurück zu unserem Schiff an der Boje. Es herrscht ausgelassene Stimmung bei den Badenden.

Nach einer Weile kommt ein Taucher ans Schiff geschwommen. In englischer Sprache bitte der Kroate um etwas, was ich nicht verstehe. Ich kann es nur mit „Spülmittel“ übersetzen. Ich hole eine Flasche aus der Kombüse und zeige sie ihm. Er nickt.

Was will er beim Tauchen mit Spülmittel? Und er hat auch eine Harpune dabei.

Nach dem Baden machen wir Coffeetime. Diesmal ergänzt mit einem Sherry statt Ankerbier.

Ich erzähle der Crew von der zu erwartenden Peka. Da kommt der Taucher an unser Schiff und zeigt uns einen fast metergroßen Oktopus.
Mit der Harpune geschossen. Und er gibt uns das Spülmittel zurück. Ist das unser Oktopus für heute Abend? Es sieht so aus.
Später erzählt mir Velimir, dass der Taucher ein wenig von dem Spülmittel unter den Stein gibt, unter dem der Oktopus seine Höhle hat. Dieser verlässt die Höhle sofort und wird zur Beute.
Am Spätnachmittag machen wir einen Bummel zum westlichen Hafen Zalic. Dabei besuchen wir gleich Milos und Mama Silba und bekommen einen Grappa im Stehen.
Wir sitzen noch etwas in der Sonne am Weststrand und hören den Wellen zu, wie sie den Kies am Strand zum Rollen bringen.
Kurz nach 19 Uhr sitzen wir dann im Restoran Silba mit einem Weißwein und trinken auf das weitere Gelingen unserer Fahrt.
Velimir bringt uns die Vorspeise, Fischpaste aus Hummer und Weißfisch und gesalzene Sardinen.
Als dann die Peka aufgetragen wird, duftet der ganze Raum. Auf dem Gemüsebett liegt braungebrannt der Oktopus.
Ein Aaah! geht durch den Raum.
Erst fotografieren, das glaubt uns sonst keiner.
Dann legt Velimir vor.
Ich habe sehr lange nicht mehr so lecker gegessen.
Zum Schluss serviert er uns die Nachspeise Rožata, die Karamelcreme mit ein paar Tropfen Rosenwasser. Zufrieden trinken wir noch ein Glas Wein. Werner sieht aus dem Fenster und bemerkt, dass größere Wellen in den Hafen laufen. Sofort renne ich zur Hafenmauer und sehe unser Schiff auf den Wellen tanzen.
Passieren kann nichts, die Boje hält und wir haben auch noch den Buganker ausgelegt. Aber mit dem Beiboot zurück fahren, das wird schwierig. Da könnten einige im Wasser landen.

Kein Problem, sagt Velimir, der Hafenmeister fährt euch raus. Prima. Aber es stellt sich heraus, dass der Hafenmeister eine Familienfeier hat und nicht fahren kann. Am Nachbartisch sitzen ein paar Italiener, von dem großen Motorboot im Hafen. Ja, sie fahren uns, wenn sie aufbrechen. Also bestellen wir uns noch etwas zu trinken auf das Wohl aller Italiener. Aber das war wohl zu früh. Der Nachbartisch bestellt noch Espresso, dann noch mal Eis und nach einer Stunde das Gleiche nochmal. Inzwischen ist es Mitternacht. Als sie noch „Crepe con marmellata“ bestellen, verlassen wir fluchtartig das Restaurant.
Mit dem kleinen Beiboot fahren wir dreimal zwischen Hafen und Boje hin und her, bis alle an Bord sind. Bernd ist beim Übersteigen ins Meer gestürzt. Aber der ist ja Taucher. Die Yacht reißt heftig an der Boje, aber die Leinen halten. Als der Wind am Vormittag nachlässt, gehen wir „Anker auf“ und legen nochmal im Hafen an, um bei Velimir einen Espresso zu trinken. Natürlich wie immer morgens „vom Haus“. Von hier aus kann man die stille Gasse hinauf sehen.

Die Gassen hier sind alle mit Natursteinmauern eingefasst. Sie speichern die Wärme und geben sie abends wieder ab. Mittelmeerkiefern, Pinien und Steineichen lugen ab und zu über die Mauern. Nach einem herzlichen Abschied stechen wir wieder in See.
Afrah möchte auf der Rückseite der Insel nochmal ankern. Das machen wir dann auch an der südlichen Küste von Silba. Kaum trägt der Anker, ist Bernd schon mit der Tauchausrüstung an Deck. Er wuchtet sich die schweren Flaschen auf den Rücken und verschwindet im Wasser.
Afrah schnorchelt ihm hinterher. Wir machen uns über die Beiden lustig. Was wollen sie denn hier schon finden.

Da dieser Tauchgang wohl wieder zwei Stunden dauern wird, kümmern wir uns inzwischen um das Schiff.

Alle Leinen werden sauber aufgehängt, alle Verbindungen auf festen Sitz geprüft und der Motor kontrolliert.

Die Backschaft, heute Mike und Viola, ist schon dabei, Kartoffeln zu schälen. Es gibt Bratkartoffeln mit Spiegelei.

Endlich kommen die Beiden zurück. Afrah hält triumphierend eine fast unversehrte Amphore in der Hand. Sie will sie mir hoch reichen, aber ich fasse sie nicht an.

Mach ein Foto und wirf sie wieder rein, knurre ich.

Bist du verrückt, die nehmen wir mit, beharrt Afrah.

Da ist Ärger vorprogrammiert. Ich mache ihr nochmal klar, dass ihr Vorhaben ungesetzlich ist.

Das ist mir egal, sagt sie.
Dann werde ich wohl die Küstenwache rufen müssen.
Wütend schleudert sie das Teil ins Meer. So habe ich sie noch nie gesehen. Ihre Augen funkeln teuflisch und die schwarzen Haare fliegen um ihren Kopf. Wutschnaubend verschwindet sie im Salon.

6

Der Tanz beginnt

Nach dem Mittagessen lasse ich die Segel setzen und Kurs auf die Insel Ilovik nehmen.

Wir sind zwei Meilen von Silba entfernt, als ich hinter uns die Yacht von Wolfgang sehe. Er segelt also bewusst in die gleiche Richtung. Der Wind hat sich nachts ausgetobt und zeigt sich jetzt als Maestral sanft von Nordwest. Allerdings müssen wir dadurch kreuzen. Schön, dass wir Platz für lange Schläge haben.

Gegen 15 Uhr liegt Ilovik steuerbords und voraus Lošinj. Es sind zwar nur noch wenige Meilen bis Unije, aber wir kommen auch nur langsam voran.

Am Spätnachmittag haben wir dann die Insel Susak erreicht. Eine Sandinsel auf felsigem Kalksandstein-Sockel. Ein beliebtes Ausflugsziel für die Bürger und Gäste von Mali Lošinj. Auch heute wieder gut besucht, wie die vielen Badelustigen zeigen. Eine unbewohnte kahle Inselkette folgt an Backbord. Auf einer Insel sehen wir ein paar Gebäude und eine Kirche.

Wir ankern und setzen mit dem Beiboot über. Die Häuser sind in einem erbärmlichen Zustand. Nur die Kirche ist gepflegt.

Später erfahren wir, dass die serbischen Bewohner zu Beginn des Krieges 1991 geflohen sind.

Alte Leute sollen manchmal gesehen worden sein, die die Kirche instand halten. Wir haben niemanden gesehen.

Was haben die Menschen hier gemacht? Fast keine Krume Erde gibt es hier. Ab und zu dornige Macchia. Ansonsten ist das Inselchen kahl. Wir segeln weiter.
Vor uns sehen wir in der Ferne den Leuchtturm Vnetak am südlichen Kap von Unije.
Die Insel Unije liegt an der Schnittstelle der Meereswege von Istrien nach Dalmatien. Die relativ große Insel ist seit 3000 Jahren besiedelt. Ihr alter Name ist Nia, abgeleitet vom griechischen Heneios. Die gute Lage an der Kvarner Bucht, die große Fläche fruchtbaren Bodens und die Trinkwasserquellen machten sie für die Siedler interessant. Zahlreiche archäologische Funde an Land und unter Wasser dokumentieren die prähistorische Epoche der Besiedlung. Angesichts der großen Anzahl der um die Insel verstreuten Klippen wundert es mich nicht, dass dort viele Schiffe gesunken sind.
Der einzige Ort der Insel hat 80 Einwohner und befindet sich mitten an der Westseite der Insel. Die Bucht davor ist nur 10 Meter tief mit schlecht haltendem Ankergrund.
Diese Seite ist mit Macchia bewachsen. Oberhalb des Ortes steht eine einsame Kapelle. Von dort blickt man auf die Bucht
U Maracol hinunter.
Diese Bucht habe ich früher oft als Ankerplatz genommen.
Und hier habe ich auch in den 90er Jahren auf dem Grund der Bucht eine größere Ansammlung stehender Amphoren in der Form eines Schiffes gesehen. Hatte ich das etwa Afrah erzählt?
Ich weiß es nicht mehr. Jetzt werde ich mich hüten, etwas dazu zu sagen. Auf der Insel gibt es auch Spuren aus römischer und illyrischer Zeit. Ein Ringwall aus Römerzeit und eine Gradina, eine illyrische Festung, wurden entdeckt. Auf der anderen Seite fand man eine villae rusticae, Reste einer römischen Villa.

Wenn man hier wandert, wandert auf Schritt und Tritt die Geschichte mit. Im trocknen Sommerwind kann man sie riechen.
Die Nordostseite der Insel ist steil und felsig und mit Steineichen bewachsen. Hier wurde ein Steintrog mit glagolitischer Inschrift von 1654 gefunden.

Wir wollen wieder in U Maracol ankern. Das Wetter ist ruhig, wir haben hier nichts zu befürchten. Vom Wetter nicht.
Wir fahren langsam in die Bucht ein. Es ist ein Wiedersehen nach langen Jahren. Und doch vertraut.
Auf Anhieb finde ich die Feuerstelle von damals. Wie viele Crews mögen hier inzwischen geankert, gegrillt, gesungen und getrunken haben? Fünfzig Meter vom Ufer entfernt werfen wir den Buganker. Erst beim dritten Mal trägt das Eisen. Mit langsamer Fahrt nach achtern nähern wir uns dem Ufer.

U Maracol

Mike springt ins Wasser und bringt die Achterleine an Land. Dort befestigt er sie an einem großen Felszacken. Bäume stehen erst weiter oben.

Das ist der gewünschte Liegeplatz. Die Mädels reichen das Ankerbier an Deck. Da wir 2 bis 3 Tage bleiben wollen, ist das hier wohl das vorläufige Ende unseres Törns.

Morgen ist eine Inselwanderung geplant. Wir sichern heute noch das Schiff so gut es geht gegen Winde aus allen Richtungen.

Der Wind kommt immer noch aus Nord und bringt von der Insel Gerüche mit. Auf der kargen Hochebene gedeihen Kräuter wie Salbei und Thymian. Mit Afrah habe ich heute noch kein Wort gewechselt. Pass auf, gibt mir meine Crew zu verstehen.

Aber es passiert nichts Ungewöhnliches. Heute noch nicht. Die Crew tummelt sich wieder im Wasser. Ich schwimme auch zweimal ums Schiff. Ohne Schuhe kann man hier keinen Fuß an Land setzen. Also zurück. Heute Abend gibt es italienische Küche, penne al arrabiata, vom Skipper vorbereitet. Richtig feurig gewürzt, damit endlich die Getränke-Vorräte etwas abnehmen.

Ich schaue mal in die Backskisten. Da unten liegen schön temperiert die Weinflaschen.
Als ich die umwickelte Kiste aufgerissen hab, bin ich platt. Ich wusste ja, dass Afrah nicht das Billigste einkauft, aber was ich hier sehe, übertrifft meine Erwartungen. Rotwein, Flasche an Flasche. Auf dem Etikett steht: Barolo „La Tartufaia“ 1996.
Es ist ein trocken ausgebauter Wein aus der Piemont-Gegend, der 1980 den DOCG-Status erhielt. Dieser Jahrgang erzielt Preise bis zu 80,-€ für die Flasche. Und hier liegen sie nutzlos rum.

Ich klemme mir zwei Flaschen unter den Arm und klettere wieder ins Cockpit, wo ich mit Beifall empfangen werde. Die erste Flasche ist schon in den Krug entleert. Werner probiert einen Schluck und schaut mich dann fragend an. Das ist schon so in Ordnung, sage ich. Auch die Nicht-Weinexperten bemerken, dass dies ein besonderer Wein ist.
So kommt im Cockpit eine feierliche Stimmung auf. Jeder erzählt eine Story, die mit Wein zusammen hängt. Bis nach und nach alle in den Kojen verschwinden. Am nächsten Morgen gibt es zuerst ein frisches Morgenbad mit der Decksdusche. Dann ein gutes Frühstück.
Wir wandern heute.
Gegen 9 Uhr gehen wir an Land. Zuerst über die scharfkantigen Kalksandsteinbrocken direkt am Wasser. Dann kommt ein Streifen mit vom Sturm hochgeschleudertem Treibholz auf Sand.
Dahinter die Macchia.
Bergwärts ziehen sich Steinwälle, die die früheren Bewohner zum Schutz ihrer Felder angelegt haben. Steinige Wege mit niedrigem Buschwerk gesäumt, führen uns immer weiter bergauf.
Eidechsen huschen über die Wege oder liegen träumend auf einem Stein in der Sonne.

An der Kapelle angelangt, können wir die See an beiden Seiten der Insel sehen. Vor uns etwa 500 Meter bergab liegt der kleine und einzige Ort. Wir wollen nach Norden. Es sieht so aus, als gäbe es nur diesen einzigen Pfad durch die Macchia. Er führt direkt zu den Resten der römischen Villa. Bergab und immer wieder bergauf. Afrah geht vor mir mit weit ausholenden Schritten. Manchmal bleibt sie stehen und schaut sich etwas an. Ich sehe, wie sie einen Zettel in ihre Tasche stecken will. Ich sehe auch, wie er runter fällt. Unbemerkt hebe ich ihn auf.

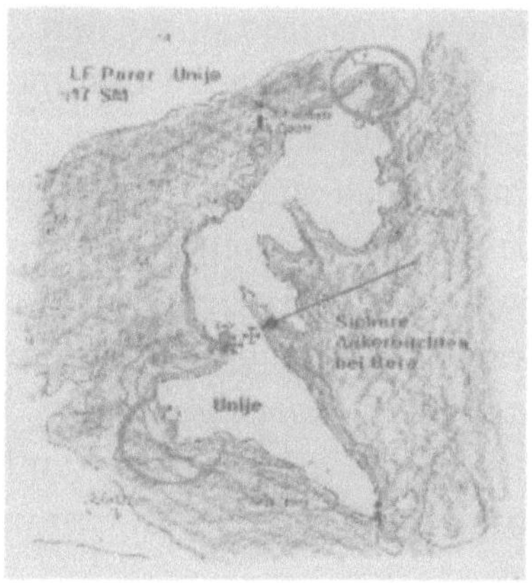

Es ist ein Plan der Insel Unije. Das ist ja nicht weiter verwunderlich. Aber auf dem Plan sehe ich einen handschriftlich eingetragenen Pfeil, der auf eine Stelle der Bucht Maracol zeigt. Nicht weit von unserem Ankerplatz. Das macht mich stutzig.

Woher hat sie den Plan und was bedeutet der Pfeil? Auf dem Rückweg werde ich so tun, als ob ich den Plan zufällig finde.

Jetzt stehen wir vor der dritten tieferen Bucht, oberhalb von Maracol. Unten ankert eine Yacht. Sieht so aus wie das Schiff von Wolfgang. Auf dem Rückweg zeigt ein Schild in die Macchia.

Nach wenigen Schritten steht am Rand einer Felsspalte eine Tafel, die von dem Fund eines Steintroges mit glagolitischer Inschrift berichtet.

Die glagolitische Schrift ist eines der ältesten Kulturdenkmäler der kroatischen Sprache und Geschichte. Am bekanntesten ist die Tafel von Baska auf Krk von 1100 n.Chr. Und hier auf Unije wurde ein Steintrog mit glagolitischer Inschrift gefunden.
Eine wirklich geschichtsträchtige Gegend.
Es gelingt mir, den gefundenen Plan Afrah nochmal als gefunden zu verkaufen. Sie steckt ihn ein, ohne in anzusehen.
Wir haben die Höhe erreicht und steigen hinab zum Ort Unije.
Die Sonne flirrt, es herrscht Stille über dem Ort. Nur ein Hahn kräht. Keine Menschenseele zu sehen. Werner marschiert voran bis zum Strand. Der ist mit feinem rundem Kies bedeckt. Unter einem sehr alten Baum, der etwas Schatten spendet, setzen wir uns. Aus dem Haus hinter uns kommt eine alte Frau und bringt uns einen großen Krug mit kühlem rotem Wein. Der Krug geht reihum. Vor uns Richtung Westen liegt mehrere hundert Meilen nur Meer. Die Helligkeit durch die Reflexion des Sonnenlichtes auf der Meeresoberfläche ist erdrückend. Wir machen uns auf den Rückweg.
Es ist inzwischen fast 14 Uhr geworden und
Birgit macht für uns auf dem Schiff eine leckere Gemüsesuppe.
Alle sind satt und liegen faul an Deck. Ich bin gerade etwas weggeschlummert, als Afrah zu mir kommt. Sie spricht wieder mit mir.
Vielleicht braucht sie mich? Aber ganz nah möchte ich sie nicht mehr an mich ranlassen. Zu gefährlich.
Sie möchte heute noch einen ausgedehnten Tauchgang mit Bernd unternehmen.

Ich soll ihr zeigen, wo ich das gesunkene Schiff mit den Amphoren gesehen habe. Also doch. Verdammt. Ich hatte es ihr also doch irgendwann erzählt. Deshalb auch der Pfeil in der Skizze. Plötzlich kann ich mich nicht mehr an die Stelle erinnern.
Es kann diese oder eine andere der drei Buchten gewesen sein, versuche ich mich rauszureden. Gut, dann beginnen wir mit dieser Bucht, legt Afrah fest. Eine Stunde später ist Bernd bereit zum Tauchen. Mit Afrah springt er ins Wasser und schwimmt vom Schiff weg.
Jetzt informiere ich doch die Crew über den gefundenen Plan der Insel. Die Frau wird uns langsam unheimlich. Manchmal wirklich nett und freundlich, immer sehr großzügig, manchmal aber zeigt sie die Krallen. Dann sprühen die Augen Funken und sie hat etwas Teuflisches.
Die Sonne steht tief, als die Beiden zurück kommen. Sie kommen wortlos an Bord und Afrah sagt: Hier sind wir richtig. Dann legt sie eine große Münze auf den Tisch im Cockpit.
Eine römische? Ja, denn die Inschrift lautet: Caesar Augustus und auf der Rückseite Concordia Augusta.
Sie hofft sicher, hier noch mehr zu finden.

Dies muss der Ort sein, den ich suche, sagt sie. Der Ort, den meine Vorfahren oft besucht haben.
Es ist aber auch der Ort, den die Wikinger mit den in Marokko geraubten Schätzen erreicht haben könnten.
Wie sollen die Wikinger hier an den Kvarner Golf gekommen sein? Das ist doch verrückt.
Jetzt wendet sich Afrah an mich.
Du hast mal nach dem Wikinger Hástein gefragt, der Rom erobern wollte. Er hat aber aus Unkenntnis nur einen Vorort erobert.
Eine maurische Flotte, hat seinen Schiffen dann den Rückweg abgeschnitten. Er hat es geschafft, mit einem Teil seiner Krieger und den geraubten Schätzen Italien zu durchqueren und mit geraubten Schiffen sich im Kvarner Golf zurückzuziehen. Mehrere seiner Schiffe könnten vor Unije an den Klippen gestrandet sein.
Das ist ja unglaublich, rufe ich begeistert. Das müssen wir sofort den Behörden melden. Da gibt es bestimmt einen ordentlichen Entdeckerlohn.
Was willst Du? fragt Afrah aufgebracht. Du willst uns verraten.
Wieso uns und was heißt verraten? kontere ich.
Wenn wir etwas finden und behalten es, so ist das ungesetzlich und strafbar.
Wir haben ja außer dieser Münze noch nichts gefunden, sagt Bernd. Und melden können wir einen etwaigen Fund immer noch. Da hat er auch wieder recht, denke ich.
So werden sie wohl morgen noch mal ins Wasser steigen und nach den versunkenen Schiffen der Wikinger suchen. Im Kvarner Golf. Das glaubt mir später mal keiner. Es sei denn, wir finden den versunkenen Schatz der Nordmänner hier bei Unije. Für diese von Tourismus noch nicht heimgesuchte Insel wäre es schade, wenn wir etwas finden. Dann setzt der Tourismus-Run ein.

Zeitig stehen wir am nächsten Morgen auf. Silbrig perlt das Licht der aufgehenden Sonne im Blau des Meeres und verspricht uns einen schönen Tag.
Üppige Früchte, in Silba gekauft, schmücken den Frühstückstisch. Dazu Käse von der Insel Pag und für jeden ein gekochtes Ei. Nur das einheimische Brot ist etwas altbacken geworden. Dafür entschädigt uns ein starker Kaffee.
Es herrscht eine gespannte Stille. Werden wir heute etwas finden? Und wird Afrah den eventuellen Fund melden? Oder gibt es Ärger? Das sind so die Gedanken in den Köpfen meiner Crew.
Kurz nach 09.00 Uhr erfolgt der Einstieg von Bernd. Afrah schnorchelt wieder. Sie sieht ja im glasklaren Wasser alles von oben. Etwa zwei Stunden werden wir anderen im Cockpit sitzend warten. Ob Wolfgang mit seiner Yacht noch in der Nähe ist?
Im Ganzen betrachtet hatten wir ja bis hierher einen guten Törn mit vielen Erlebnissen. Zweieinhalb Wochen auf See, das geht nur mit dieser Crew.

Von Bernd habe ich fast nichts aus seinem Leben erfahren. Ich weiß bisher nur, dass er nicht verheiratet ist und dass er in Dubrovnik auf der Werft als Taucher arbeitet.
Da habe ich ihn ja auch kennen gelernt. Ansonsten ist er nicht sehr kommunikativ. Aber das seemännische Handwerk versteht er.
Ich will einfach nicht glauben, dass Afrah mit ihrer kulturhistorischen Bildung prähistorische Funde vom Meeresgrund entnimmt.
Und aus dem Land schmuggelt.
Und Bernd lässt sich in seiner Bewunderung für die Frau missbrauchen. Er weiß doch als Taucher, was das nach sich zieht, was er gestern und heute macht.
Langsam verstehe ich die Welt nicht mehr. Ist den beiden das Risiko, erwischt zu werden, bewusst? Und sind sie sich unserer so sicher? Ich jedenfalls mache da nicht mit und habe die Crew auf meiner Seite.
Mit diesen Gedanken ist die Zeit verstrichen und ich sehe unsere beiden Aquanauten am Ufer entlang auf uns zu laufen. Sie tragen etwas Schweres, eine Amphore.
Ich habe es befürchtet.
Wir müssen sie mit dem Beiboot am Ufer abholen. Bernd hat seinen Tauchanzug geöffnet.
Seinen Pullover hat er ausgezogen und in die Öffnung der Amphore gesteckt. Als wir diese auf dem Schiff haben, stülpt Bernd einen Seesack darüber.
Was macht Afrah damit?
Wir tauchen nochmal, da sind noch mehr, sagt sie.
Nein, sage ich, wohl einen Ton zu laut. Aber ich bin entschlossen, dieses böse Spiel jetzt zu beenden.
Was soll das? fragt Afrah. Bis jetzt lief doch alles nach Plan.

Ich rufe jetzt per Funk die Küstenwache und wir melden den Fund, schlage ich vor.
Doch das Funkgerät gibt keinen Ton von sich.
Was haltet ihr davon? frage ich die Crew.
Ich laufe in den Ort und informiere den Bürgermeister, schlägt Werner vor.
Plötzlich sehe ich in der Hand von Bernd eine Pistole. Ist der nun völlig durchgedreht. Was soll das Bernd? frage ich empört.
Sagen sie´s ihnen, Herr Weber, mischt sich Afrah ein.
Jetzt verstehe ich gar nichts mehr.
Wenn ihr euch ruhig verhaltet, passiert nichts, verspricht Afrah.
Wir holen noch ein halbes Dutzend Amphoren hoch und starten dann Richtung Übersee. In den Amphoren befindet sich ein Teil des von Wikingern meinen Vorfahren geraubten Schatzes, römische Goldmünzen und kostbare Edelsteine. Herr Weber hat dich vor über einem Jahr für dieses Unternehmen ausgesucht, sagt sie zu mir. Deshalb ist er den Törn mit dir gefahren und du hast ihm von dem Schiff mit den Amphoren erzählt.
Jetzt beginne ich zu begreifen. Afrah ist nicht der Auftraggeber, sondern der Lockvogel. Ich bin entsetzt.
Wie konnte ich darauf reinfallen?
Die Sache war lange vorbereitet. Bernd, oder muss ich jetzt Herr Weber sagen? hat alles gesteuert. Er hat es in Dubrovnik darauf angelegt, mich kennenzulernen.
Afrah kannte die geschichtlichen Zusammenhänge und hat darauf spekuliert, dass ich bei einer Frau weniger misstrauisch bin.
Und es hat geklappt. Nun muss ich sehen, wie wir da wieder raus kommen.
Für die Nacht übernehmen Afrah und Bernd abwechselnd die Wache an Deck, damit wir nicht auf dumme Gedanken kommen.

Und wir hatten beim ersten Crewtreff bei Schwierigkeiten noch mit einem Verhältnis von 6:1 gerechnet. Jetzt steht es 5:2 und die zwei sind bewaffnet. Aber wir werden den Joker sobald es geht einwechseln. Wolfgang kann nicht weit weg sein.
In meiner Koje im Schlafsack schicke ich ihm eine SMS.
Wir können vorerst nichts unternehmen und gehen schlafen.

Am nächsten Morgen ankert eine andere Yacht unweit von uns in der Bucht. Das ist Wolfgang.
Afrah befiehlt uns, wie immer morgens zu baden, um keinen Verdacht zu erwecken. Viola macht das Frühstück, nach Plan.
Das Wasser ist spiegelglatt.
Es sieht aus wie flüssiges Blei und wiegt sich ganz leicht in einer aufkommenden Dünung. Eine vorauseilende Dünung? Ist da etwa ein Sturm im Süden gewesen oder kommt einer zu uns?
Ich schlage Afrah vor, die Anker aufzunehmen und uns auf die Nordseite der Insel zu verholen, da die Dünung aus Süden kommt. Sie lehnt ab. Werner muss das Beiboot klarmachen und Herrn Weber zur Fundstelle rudern.
Derweil bewacht Afrah uns.

Was können wir tun?
Also nutze ich die Zeit und versuche ein Gespräch mit Afrah.
Bist Du sicher, dass die Steine und das Gold deinen Vorfahren geraubt wurden? frage ich.
Das spielt jetzt keine Rolle mehr, deine Vorfahren haben geraubt, geplündert und gemordet. Dafür sind wir Nordafrikaner nie entschädigt worden. Wir waren mal ein reiches Land, setzt sie noch hinzu.
Bist du nicht Französin, in Frankreich geboren? frage ich nach.
Im Herzen bin ich auch Afrikanerin, belehrt sie mich.

Aber du arbeitest auch gleichzeitig an der Bewahrung der Kenntnisse über die Menschheitsgeschichte. Wie vereinbart sich das? provoziere ich. Und die Yacht gehört gar nicht dir?

Nein, sagt sie, ich weiß nicht, woher Herr Weber sie hat. Ich habe gültige Papiere, das reicht mir.

Du wirst mich später verstehen, sagt sie und bricht das Gespräch ab.

Da hat sie bestimmt auch noch einen zweiten Messbrief auf einen anderen Schiffsnamen. Und genügend Farbe an Bord, um das Aussehen zu ändern. Hieß es nicht eingangs: Nach Beendigung übernimmt Herr Weber das Schiff und bringt es zurück.

Nach Übersee?

Dieser Schatz ist viele Millionen wert, der ideelle Wert ist unschätzbar.

Wenn es denen gelingt, die Sachen außer Landes zu bringen, ist den Kroaten ein Stück ihrer Geschichte verloren gegangen und der Wissenschaft ein wichtiges Kapitel der Geschichte des Mittelmeeres und Europas.
Wir müssen sehr geschickt zu Werke gehen, denn ich möchte keine Verletzung oder gar Menschenleben riskieren.
Warten wir auf eine Eingebung und den richtigen Zeitpunkt.

Der Wind hat zugenommen und das Beiboot mit Werner und Herrn Weber kommt zurück. Schon von Weitem sehe ich, dass das Boot unnormal tief im Wasser liegt. Der Freibord beträgt nur noch 30 cm. Ein halbes Dutzend schwere Amphoren liegen in der Bootsmitte. Beim an Bord hieven fallen ein paar Münzen aufs Deck. Herr Weber schleppt alle Amphoren in die Bugkabine und schließt ab. Afrah beobachtet uns ganz genau. Sie hat die Pistole schon lange nicht mehr im Anschlag, aber griffbereit in ihrer ausgewaschenen Arbeitshose.

Jetzt hat es Herr Weber eilig. Wir sollen sofort starten. Das tun wir dann auch. Als ich die Segel setzen will, unterbricht er meine Vorbereitungen schroff.
Wir fahren mit Maschine, Vollgas nach Süden, ruft er drohend.
Das geht nicht lange gut, denke ich.
Der Motor ist gut und zuverlässig, solange man ihn nicht über beansprucht. Jetzt mit 10,5 Knoten auf Meer hinaus jagen, wird er nicht lange durchstehen.
Nach einer halben Stunde lässt Herr Weber stoppen.
Ich soll die Rettungsinsel klar machen.
Was hat er vor? Will er das Schiff versenken? Langsam steigt Wut in mir hoch. Packt eure persönlichen Sachen, nehmt Ver-

pflegung und Wasser mit und steigt in die Rettungsinsel, sagt er laut.
Dann nimmt er uns die Handys weg.
Mir gibt er einen Umschlag. Was drin ist weiß ich: 6.000 €, unser Restlohn. Ich gebe ihm das Geld zurück.
Wir beteiligen uns nicht an diesem Raub, sage ich stellvertretend für die Crew.
Dann eben nicht, sagt Herr Weber.

7

Auf dem Meer ausgesetzt

Wir steigen in die Rettungsinsel. Dabei fallen Mike und Viola ins Wasser. Normalerweise wird einer nach dem anderen mit einer Leine gesichert und springt dann auf das Dach der Insel.
Das dauert Herrn Weber zu lange.
Wer so etwas noch nicht gemacht hat, kann nicht ermessen, welche Panik jeden befällt, wenn er dann zusammengequetscht in einem schwimmenden Behälter aus Gummi dem Meer überlassen wird. Zumal die Welle hier draußen immer höher wird und schon über einen Meter erreicht hat.
Auf der Yacht hätten wir diesen Wind begrüßt, aber hier, wenige Zentimeter über der Wasseroberfläche, verstärkt er die Panik. Wir kommen uns vor wie die Katze, die in einem zugebundenen Sack ins Wasser geworfen wird.
Ich versuche die Crew zu beruhigen. Wir haben doch schon so viel zusammen erlebt, Stürme, Brände und Mann über Bord. Aber das hier ist etwas anderes. Ein Notfall pur.
Durch ein zerkratztes Plastefenster der Rettungsinsel sehen wir die „Afrah II" neben uns in den Wellen schaukeln. Gleich wird uns Afrah an die Bordwand ziehen und den Scherz aufklären. Aber nichts geschieht. Stattdessen setzt sich die Yacht langsam in Bewegung, um sich mit aufheulendem Motor zu entfernen.

Nachdem wir ihren Motor nicht mehr hören, sehen wir noch eine ganze Weile den Wasserstaub, wenn sie in die Wellen einsetzt.
Dann ist sie weg.
Die Seesäcke mit den persönlichen Dingen nehmen uns den Platz weg. Bei professionellen Seglern wie bei uns braucht man nicht lange zu diskutieren. Da der Platz kaum zum Bewegen reicht, fange ich an. Ich werfe alle Kleidungsstücke bis auf einen warmen Pullover aus der Luke. Die anderen folgen nach und nach meinem Beispiel. Jetzt ist etwas mehr Platz.
An der Innenwand ist eine Tasche eingearbeitet. Hier sind die Seenotsignale, die Notverpflegung und Wasserreserve verstaut. Hier sollte auch ein Funkgerät sein. Ich finde nur die leere Hülle. Herr Weber hat an alles gedacht. Ohne Handy erreiche ich Wolfgang nicht und ohne Funkgerät niemanden, der uns helfen könnte. Und die Wellen werfen uns wie in einem Würfelbecher hin und her. Da sie höher als unsere Gummiinsel sind, wird man uns von verbeifahrenden Schiffen auch kaum sehen.

Am Boden ertaste ich eine Tasche mit Notsignalen.
Wie wollen wir sie sinnvoll einsetzen? Da es bald dunkel wird, zünde ich noch einen Rauchtopf, um eventuell in der Nähe befindliche Schiffe oder Yachten auf uns aufmerksam zu machen.
Als es dunkel ist, versuche ich es nochmal mit drei roten Fallschirm-Raketen. Aber kein Erfolg. In der Nacht glaube ich zweimal, in der Ferne ein Licht zu sehen. Die anderen sehen es leider nicht.
Viel Hoffnung bleibt nicht, wir sind zu weit weg von der Schifffahrtsroute. Der Wind ist nicht stärker geworden. Er treibt unsere Insel wieder zurück nach Norden zum Kvarner Golf. Ich habe in meinem Seesack eine Übersichtskarte der Adria und ein GPS-Handgerät. Das könnte uns jetzt helfen.

Es wird eine lange Nacht. Kalt ist es nicht, aber wir müssen uns festbinden, um nicht noch ein paar Knochenbrüche zu riskieren. Gegen morgen sucht Birgit in den mitgenommenen Vorräten nach etwas Essbaren. Es findet sich für jeden ein Kanten Brot und eine Knackwurst. Und dazu zwei Becher Wasser.
Gottseidank lässt der Seegang etwas nach. Gerade noch rechtzeitig, bevor der erste seekrank wird.
Ich trage die aktuelle vom GPS abgelesene Position in die Karte ein. Mit Kugelschreiber! Etwas anderes habe ich nicht. Wir haben in diesen 8 Stunden 6 Seemeilen zurück gelegt. Die Driftgeschwindigkeit beträgt also etwa eine dreiviertel Meile pro Stunde. Wir sind jetzt ungefähr auf der Höhe der Insel Susak, allerdings weit draußen auf See.

Was wird Wolfgang denken? Er glaubt bestimmt, wir sind noch an Bord der „Afrah II", weil ich ihn nicht nochmal angerufen habe. Das ging alles so schnell.

Wenn er uns gefolgt ist, hat er uns sicher aus den Augen verloren. Seine Yacht hat nur eine maximale Geschwindigkeit von 6 Knoten. Da sind wir mit der „Afrah II“ schnell außer Sicht gewesen.
Jetzt könnten wir Westwind gebrauchen, der uns in den Kvarner und dann ans Ufer treibt. Wenn wir Pech haben, treiben wir 4 Tage bis Triest. Das Essen könnte so lange reichen.
In dieser Zeit ist Herr Weber Richtung Gibraltar unterwegs.
Und wir können ihn nicht hindern.

Kurz bevor die Sonne im Zenit steht, höre ich ein rasselndes Brummen. Ein Löschflugzeug, da wird wohl wieder irgendwo eine Insel brennen. Das Flugzeug kommt uns ganz nah und landet auf dem Wasser.

Seid ihr von der „Afrah II“? ruft der Pilot fragend zu uns herüber.

Jaaa. Wir schreien es jubelnd hinüber.
Kommt an Bord, sagt er und manövriert die Maschine nahe an unsere Rettungsinsel.
Auch das Übersteigen ist nicht ganz einfach im Seegang. Wir schaffen es ohne Blessuren.
Erschöpft hocken wir im hinteren Teil des Flugzeuges. Erst jetzt wird uns bewusst, dass die ganze Aktion mit der Rettungsinsel nicht ungefährlich war.
Der Pilot stellt sich vor und sagt dann: Ihr habt Glück. Euer Freund Wolfgang hat gestern Abend die Küstenwache verständigt. Zuerst haben wir intensiv nach euch gesucht.
Aber euer Schiff war wie vom Erdboden verschluckt. Als es dann dunkel wurde, haben wir die Suche unterbrochen. Nur euer Freund war mit seiner Yacht die ganze Nacht draußen.

Das war also das Licht, was ich zweimal kurz gesehen habe.
Wo ist Wolfgang? fragt Birgit.
Er wartet bestimmt in Mali Lošinj auf euch, verspricht der Pilot und startet die Maschine.

Nach einem kurzen Flug landen wir im Fjord von Lošinj. Der Pilot legt an der langen Mole des Stadthafens an. Der Hafenkapitän ist schon verständigt und erwartet uns in seinem Büro.

Noch jemand sitzt hier im Büro des Hafenkapitäns: Wolfgang.
Die Freude des Wiedersehens ist riesengroß. Es sind doch erst fünf Tage vergangen, seit wir uns auf Silba getroffen haben. Nach ersten Umarmungen verabreden wir uns für Nachmittag auf seiner Yacht. Er liegt in der Marina vor der Konoba „GALEB".
Der Hafenkapitän und die Polizei erwarten jetzt unsere Aussage. Zuerst von mir und dann von jedem der Crew einzeln.
Es werden drei lange Stunden. Die Beamten schreiben alles mit, was ich ihnen berichte. Manchmal eine kurze Nachfrage, manchmal ein ungläubiges Kopfschütteln.
Ich verstehe viele Dinge selber nicht. Warum war mir Afrah sympathisch? Habe ich so ein schlechtes Beurteilungsvermögen?
Warum habe ich nicht gemerkt, dass Bernd mich bewusst ausgeforscht hat? Viele Fragen, wenig Antworten.
Und wie geht es nun weiter? Die Beamten beraten sich und bitten mich, heute am Spätnachmittag nochmal ins Büro zu kommen. Wir gehen zu allererst shoppen. Unsere Sachen schwimmen ja in der Adria. Bei uns Männern geht es relativ schnell, Socken, Unterwäsche, Poloshirt und Jeans. Die zwei Frauen brauchen doppelt so lange und das Gekaufte passt in eine Tüte.
Danach sind wir auf dem Weg zu Wolfgang. Er hat uns schon von Weitem gesehen und seine Frau Ute hat Kaffee gemacht. Wir sitzen in seinem Cockpit und sind immer noch sprachlos. Dann will jeder gleichzeitig etwas erzählen. Schließlich haben wir den Schatz der Wikinger gesehen. Und in die Mündung einer Waffe geschaut.
Wird man die Beiden kriegen?

Im Tank der „Afra II“ waren zum Zeitpunkt des überstürzten Aufbruchs von Unije noch ca. 400 Liter Diesel.
Bei Vollgasfahrt verbraucht der Motor ca. 10 Liter pro Stunde. Das wären ja 400 Seemeilen Strecke.
Damit kämen sie maximal bis zum „Stiefel“ Italiens. Vorher werden sie sich nicht trauen, zu tanken.
Und sie werden noch Zeit verlieren, da sie unbedingt das Schiff mit einer anderen Farbe und einem neuen Namen versehen werden.
Das sind unsere Überlegungen.
Jetzt muss ich nochmal zum Hafenkapitän. Mal sehen, welche Strategie die Polizei favorisiert.
Im Büro sind Seekarten ausgebreitet und ein Beamter sitzt ständig am Funkgerät und spricht. Ich setze mich und warte. Dann wenden sie sich an mich.
Wir möchten denen eine Falle stellen. Wenn sie Polizei sehen, könnten sie alle Beweise ins Meer werfen. Außerdem würden wir das Schiff unter einem anderen Namen und mit anderer Farbe nicht erkennen, oder zu spät. Wir fliegen euch zur Insel Pantelleria, die liegt zwischen Sizilien, Malta und Tunesien. Es ist die einzige Enge vor Gibraltar.
Ihr bekommt dort eine unauffällige Yacht und ihr segelt alle Häfen ab, ihrem Kurs entgegen.
Da die Beiden nicht in Sizilien tanken werden, müssen sie entweder Pantelleria anlaufen oder das tunesische Bizerte am Cap Blanc. Und tanken müssen sie, wenn sie nicht unterwegs liegenbleiben wollen. Segeln würde zu lange dauern.
Warum muss unbedingt ich das machen? frage ich.
Du würdest das Schiff auch erkennen, wenn es plötzlich einen dritten Mast hätte, sagt er. Das schmeichelt mir, aber ich denke, er hat Recht.

Wie hoch war euer noch offener Lohn? fragt der Beamte. Ich sage es ihm. Den bekommt ihr, wenn alles klappt, zu der Belohnung dazu, verspricht er.

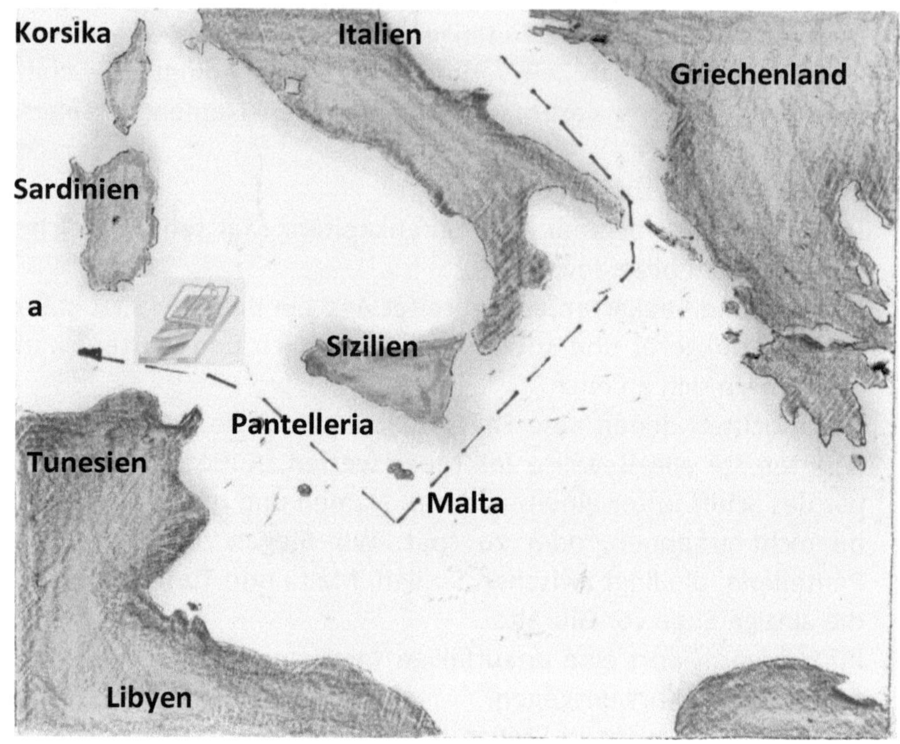

Voraussichtliche Route der „Afrah II"

Zurück an Bord bei Wolfgang rede ich vorsichtig mit der Crew.
Alle sind müde und haben genug von Abenteuern. Gut, dann muss ich das allein machen, bin schon mehrmals einhand gefahren. Das wollen sie dann auch nicht. Entscheidung bis morgen früh vertagt.

Heute Abend gehen wir aus. Wolfgang und Ute, unsere Retter, sind dabei.
In Mali Lošinj hab ich hundert Mal im Hafen festgemacht. Da werden wir doch wohl ein Konoba zum Feiern finden.Wir sind noch dabei, uns landfein zu machen, da steht schon der Wirt der „Konoba Odisej“ am Steg und bietet uns für heute Abend Plätze an. Diese Konoba liegt ganz in der Nähe vom alten Stadthafen, in der Velopin ul, gleich hinter der Tankstelle. Ich war vor Jahren einmal dort, hervorragende Lage und der Wirt spielte Trompete. Aber das Essen war fast kalt und mangelhaft. Leider. So bin ich dann im Pizza- Fischrestaurant GALEB gelandet. Und diesem Lokal seit vielen Jahren treu geblieben.
Das Personal ist immer freundlich, die Speisen einfach, aber sehr schmackhaft zu überraschend niedrigen Preisen. Außerdem liegt Wolfgangs Yacht direkt davor am Steg.

Der Wirt erkennt mich gleich wieder. Wir bekommen unseren Wunschplatz unter dem Vordach, nur 10 m von der Hafenkante entfernt. Er würde uns auch die Speisen auf der Yacht servieren.
Bevor ich bestellen kann, bringt der Wirt uns einen Grappa vom Haus. Wir trinken auf sein Wohl. Ich bestelle mir eine Galeb-Fischplatte, Dorade, Brancin (Wolfsbarsch) und Kalamari, dazu viel Knoblauch und Mangold-Kartoffeln. Drei Liter Weißwein in Krügen stehen schon auf dem Tisch. Nach dem Essen kommt wieder eine Runde Grappa an den Tisch. Die Mädels nehmen eine Nachspeise. Wir Männer statt dessen eine Extrarunde. Natürlich nochmal vom guten Grappa.
Langsam kommt Stimmung in die Bude. Der Schock der letzten zwei Tage ist verarbeitet. Wir freuen uns des Lebens und wollen heute bis Mitternacht durchhalten. Die Zimmer sind im Hotel „Katjas Appartement" bestellt. Die Schlüssel habe ich schon. Was kann uns da noch passieren? Während wir trinken und lachen, kommen immer wieder Momente, in denen wir uns fragen: Kannst du dich noch erinnern.....? Aber nur bis die ersten Lieder erklingen. Ein Gast hat angefangen und wir stimmen kräftig ein. Es schallt durch den ganzen Hafen. Von den Yachten kommt das „Echo", kroatische und bayrische Lieder im Wechsel. Als wir dann müde werden, beginnt ein neuer Tag. Wir verabschieden uns von Wolfgang und Ute und bedanken uns nochmal bei den Beiden.
Viola bringt mich sicher zum Hotel, wo wir sofort in einen tiefen traumlosen Schlaf fallen

8

Die Falle schnappt zu

Am nächsten Morgen frühstücken wir im Schnellimbiss am Hafen. Beim Kaffee wird das Kommende nochmal ernsthaft besprochen. Da wir keinen direkten Kontakt mit den beiden Gesuchten haben werden, erscheint uns das Unternehmen gefahrlos. Die ausgelobte Belohnung ist ja auch nicht ganz unwichtig.

Danach marschieren wir zum Hafenkapitän von Lošinj. Die Polizei zeigt sich erfreut über unsere Entscheidung.

Wir bekommen sofort die gewünschte Ausrüstung von fünf kompletten Segleranzügen und dazugehörigen Seestiefeln. So langsam füllen sich unsere Seesäcke wieder.

Dann geht es mit dem Einsatzfahrzeug zum Flugplatz Lošinj.

Wir haben bis zum Start noch zwei Stunden Zeit. Mit einer Cessna 170B starten wir schließlich in Richtung Malta.

Nach einer perfekten Landung am Nachmittag auf dem Flugplatz der Insel Pantelleria stürzen wir erst mal zum Imbiss und gönnen uns Rigatoni und einen Caprese. Satt sieht die Welt wieder etwas schöner aus.

Die italienische Vulkaninsel Pantelleria liegt ungefähr 33 Seemeilen östlich vom tunesischen Cap Bon, mitten in der Straße von Sizilien. Sie wird „die schwarze Perle des Mittelmeeres" genannt. Das erste, was wir sehen, ist das Castello Barbacane, eine Festung. Sie sieht düster und bedrohlich aus.

Es gibt hier statt weißer Strände und hoher Palmen nur Klippen und sturmgepeitschte Macchia Mediterranea.

Für uns sieht es fast so aus wie an der schottischen Küste. Am Hafen werden wir vom örtlichen Polizeichef in Empfang genommen.

Er versichert uns, dass alles getan wird, damit unsere Mission erfolgreich verläuft. Dann begeben wir uns zur Yacht. Wahrlich nicht auffällig, dieses Schiff.

Castello Barbacane, Pantelleria

Es ist eine ältere Stahlslup, äußerlich ziemlich ungepflegt, aber seetüchtig. Man hat uns auf die Schnelle ein leistungsstarkes Funkgerät eingebaut. Und moderne teure Ferngläser gegeben, von der Firma Steiner. Das passt. Jetzt müssen wir nur noch die Details absprechen. Da die Gesuchten es eilig haben und sich wahrscheinlich mit einem neuem Schiffsnamen und anderer Farbe sicher fühlen, werden sie den kürzesten, weil schnellsten Weg wählen.
Wir brauchen also nur im Seeraum östlich von Pantelleria zu kreuzen und hoffen, dass wir sie auf ihrem kürzesten Weg nicht verpassen.
Derweil wird ein Hubschrauber der Guardia Costiera, der italienischen Küstenwache, in dem Gebiet fliegen, in dem sie sich befinden müssten. Die Falle ist also aufgebaut. Wir kaufen noch etwas Verpflegung ein und starten dann das Unternehmen.

Draußen auf See empfängt uns ein gleichmäßig starker Wind. Nicht zu stark, gerade richtig, um das Schiff kennenzulernen.
Es ist ein typischer Eigenbau, fast alles überdimensioniert. Ist aber o.k., wir kommen damit klar. Die ersten zwei Stunden fahren wir Wenden, bis alles klappt. Manchmal bleibt die Fock-Schot an den Mastbeschlägen hängen. Da muss jedes Mal einer aufs Vordeck. Werner hat schnell einen provisorischen Vorholer konstruiert. Jetzt gibt es das Problem nicht mehr, die Genua-Fock geht beim Wenden leicht über. Viola hat uns Schnittchen gemacht und Mike Kaffee gekocht.
Jetzt hat das Leben wieder Gin, sagt er.
Der Horizont bleibt leer. Einzig gegen Abend sehe ich in der Ferne eine Fähre. Sonst ist alles dunkel. Ich denke, sie werden es nicht riskieren, ohne Positionslichter zu fahren. Das ist zu auffällig und auch gefährlich.

Es ist fast dunkel, als am Horizont Positionslichter eines Fahrzeuges auftauchen. Ich rechne nochmal die Zeit nach.
Nein, auch mit über 10 Knoten unter Maschine kann die „Afrah II“ noch nicht hier sein.
Als das Schiff näher kommt, sehe einen sehr scharf geschnittenen Bug, sicher ein Taiwan-Klipper. Also heißt es warten.
Wir gehen die Wache zu zweit, damit uns nichts entgeht. Wieder eine Fähre, aber weit weg. Es ist hier nachts auch nicht ganz ungefährlich. Die Insel Lampedusa ist ganz nah, und es besteht die Möglichkeit, dass die Schlepper der überladenen Flüchtlingsboote Yachten mit Waffengewalt kapern. Wir wissen die italienische Marine Guardia Costaria in unserer Nähe und außerdem haben wir eine stabile Funkverbindung.
Jede Stunde kommt ein Anruf: Polly, Polly, this is Golf Charlie, over.
Unsere Yacht hat den Namen Polly. Und Golf Charlie sind nach dem internationalen Buchstabieralphabet die Anfangsbuchstaben von Guardia Costaria.
Tell me, if you have a problem, spricht mich der italienische Seemann an. Ich habe im Augenblick kein Problem, aber es ist gut zu wissen, dass jemand danach fragt.
So langsam vergeht die Nacht. Gleich kommt die ersehnte Ablösung, die nächste Wache. Birgit hat uns zum Wachwechsel einen heißen Tee mit Schuss gemacht und ich bespreche mit Werner die letzten zwei Stunden. Vor uns die Lichter von Marara de Vallo auf Sizilien. Wir müssen wieder wenden, denn so weit in italienische Hoheitsgewässer werden sie sich nicht trauen.

9

Der Teufel trägt Handschellen

Die zweite Tasse Tee ist inzwischen kalt geworden. Welche Chance haben wir, die „Afrah II“ zu finden? Das Meer ist groß und die Yacht könnte ich auf maximal zwei Seemeilen zweifelsfrei identifizieren. Da sie nicht segelt, ist sie noch schwerer zu erkennen. Allerdings hat sie eine Besonderheit: Zwei Radar-Töpfe am Großmast und einen ungewöhnlich langen Bugspriet.

Unsere Yacht segelt bei Wind 4 Beauforth unter Autopilot, sodass wir in Ruhe frühstücken können. Das Frühstück ist nicht mehr so üppig, wie wir es in den vergangenen Wochen gewöhnt waren. Zwei Spiegeleier und ein halber Käse pro Person sichern, dass wir nicht abnehmen werden. Schön ist auch, dass die Baguette frisch aufgebacken sind. Und einen sensationell guten Kaffee konnten unsere Mädels schon immer kochen. Mike übrigens auch.

Da kommt was, ruft Viola laut. Sie hat während des Frühstücks den Ausguck übernommen. Sofort eile ich an Deck. Es ist eine Ketsch, aber noch zu weit weg, selbst mit dem Glas nicht zu erkennen.

Also kleine Kursänderung und unseren Kumpel auf der anderen Seite der Leitung per Funk informiert.

Golf Charlie, Golf Charlie, this is Polly, Polly, the fish is coming, spreche ich so ruhig wie möglich. Mögen die beiden auf der "Afrah II" denken, zwei Fischer unterhalten sich. Noch steht es ja nicht hundertprozentig fest, dass wir fündig geworden sind. Auch bei meiner Crew steigt die Spannung.
Kurz darauf sehe ich die beiden Radar-Töpfe. Sie sind es.
Die „Afrah II“ hat jetzt einen grauen Anstrich, schwer zu erkennen im Gegenlicht auf der bleifarbenen See.
Ich bestätige kurz das erwartete Ergebnis.
Ein befriedigtes „perfetto“ höre ich im Funk. Der Italiener spricht also auch italienisch.

Unsere komplette Crew steht an Deck und sieht eine halbe Stunde später die Schnellboote heranrasen. Wir können leider keine Einzelheiten erkennen, aber das Unternehmen „Afrah II“ endet unspektakulär.
The game is over, sagt der Kumpel auf Kanal 16. Wir sollen uns übermorgen in Messína auf Sizilien einfinden.
Also die Yacht auf den anderen Bug gelegt und ab geht die Post, zur Strasse von Messina. Zum Glück habe ich noch zwei Flaschen Schampus beiseite gebracht. Die werden jetzt geköpft.

Direkt vor uns an Steuerbord liegt Malta. Wir könnten in einer Stunde dort sein. Der Gedanke ist so verlockend, dass die Männer sofort zustimmen und die Mädels glücklich mit den Augen rollen. Das haben wir uns doch auch verdient, selbst wenn wir später in Messina ankommen. Der Kurs führt uns südlich an der Hauptinsel vorbei, durch die Pretty Bay und die St.Thomas Bay wieder nach Norden, nach Valetta.
Diese Stadt reizt uns, besonders der Grand Harbour, der schönste Naturhafen des Mittelmeeres.

Aber erst mal haben wir die Inseln GOZO und COMINO, zu Malta gehörig, an Backbord. Weit entfernt sehen wir die ockerfarbenen, zerklüfteten Felsen der Inselküsten.
Der Wind hat in den letzten Stunden zugenommen, bei wolkenlosem Himmel. Es sind nur noch vier Segelstunden bis Valletta. Aber das Barometer mahnt uns. Sucht euch einen sicheren Ankerplatz, scheint es zu sagen, nochmal um 5 hPa gefallen. Da wir ein gutes Verhältnis zu unserem Barometer haben, drehen wir bei und steuern die Paradise Bay an. Hier liegen wir bei Südwinden geschützt und der Anker trägt auch. Wie richtig unsere Entscheidung war, sehen wir vier Stunden später.

Bizarre Formen hat die See aus den Felsen gewaschen.

Beim Blick nach Westen ziehen riesige Wellenberge vorbei, geschätzte fünf Meter hoch und brechend. Das müssen wir nicht haben. Zumal die endgültige Wellenhöhe erst 6 Stunden nach Sturmbeginn erreicht ist.

Der Wind ist heiß, trocken und bringt roten Sand mit. Uns trifft nur der Schwell, und das reicht schon. Man muss sich bei jedem Schritt festhalten.

Wir nutzen die Zeit und beschäftigen uns ausführlich mit dem Hafenhandbuch und dem Revierführer von Malta.

Kein Besucher kann sich der Magie dieses Landes, das so tief mit den Anfängen der Menschheit verwurzelt ist, entziehen. Die mehr als 7000 Jahre zurückreichende Geschichte Maltas nimmt unter dem südlichen Himmel mit dem Blick auf das allgegenwärtigen Blau einen bedeutenden Platz ein. Man sagt hier, die Steine hätten eine Seele.

Wohl nirgends kann man auf so kleinem Raum so viele eindrucksvolle Kulturdenkmäler aus allen Epochen der Menschheitsgeschichte vereint finden, wie auf Malta. Das Wetter ist hier subtropisch, die Durchschnittstemperaturliegt im Sommer bei 35°C. Valletta wurde im Jahr 1565 vom Johanniterorden gegründet.

Besonders sehenswert ist die St. John´s Co-Cathedral, die große Hafenfestung Fort St. Angelo und die Megalithischen Tempel aus der Jungsteinzeit, etwa 3800 v.Chr. Wir freuen uns auf Maltas Küche, ein Potpourri aus den Hinterlassenschaften seiner Fremdherrscher.

Im Laufe der Nacht flaut der Wind ab. Die Dünung hat noch eine respekteinflößende Höhe. Mit der Morgendämmerung starten wir.

Frühstück gibt es auf See. Nach zwei Stunden, die Sonne ist inzwischen aufgegangen, sehen wir die Dingli Cliffs an Backbord. Diese imposanten Klippen befinden sich in unmittelbarer Nähe des mit 253 Metern höchsten Punktes des maltesischen Archipels. Um 9 Uhr sind wir am südlichsten Punkt Maltas, der Pretty Bay angekommen.

Ohne uns lange aufzuhalten, gehen wir vor den Wind, nehmen Kurs auf La Valletta und freuen uns auf das, was uns erwartet. Schon fünf Seemeilen vor Valletta sehen wir die Festungsanlagen von Fort St. Angelo.

Die Segel werden geborgen und wir fahren ganz langsam auf die enge Einfahrt zu. Valletta liegt auf einem Felsen zwischen den beiden Naturhäfen Marsamxett und Grand Harbour.

Strategisch war der Hafen von La Valletta eine hervorragende Basis für viele Herrscher.
Diesen Moment der Ankunft wollen wir genießen. Hier sind sie vor uns eingefahren, die Phönizier, Karthager, Römer, Byzantiner, Araber, Normannen, Kastilianer, der Johanniterorden und später die Franzosen und Engländer.
Und alle hinterließen auf Malta ihre Spuren.

Der Grand Harbour ist eine weit verzweigte 3 km tiefe Bucht. Wir fahren bis zur Pinto Wharf No.2.
An Steuerbord, direkt unterhalb der Stadtmauer legen wir an. Ein freundlicher Skipper steht schon an der Pier und nimmt uns die Leinen ab.
Wir bedanken uns mit einem von den übrig gebliebenen kühlen Bieren. Auch für uns findet sich noch etwas aus unserem Kühlschrank. Ein italienisches Moretti-Bier. Bei 34° C am Mittag. Das ist uns völlig egal. Wir sind auf Malta.
Wenig später sind wir schon unterwegs zum Busparkplatz. Er stellt die Mitte Vallettas dar. Schon bei der Ankunft haben wir die Türme der St. John´s Co-Cathedral gesehen. Dorthin gehen wir zuerst.

Sie war der zweite Sitz des Erzbischofs von Malta neben der Kathedrale St. Paul in Medina.
Nach einem kurzen Imbiss entschließen wir uns, mit dem Bus nach Mnajdra zu fahren. Die jungsteinzeitlichen Tempelanlagen von Hagar Qium und Mnajdra liegen in beherrschender Lage über der Felsenküste.

Die Tempel wurden aus bis zu 20 t schweren Kalksteinquadern errichtet. Sie haben drei- bzw. fünflappige Grundrisse. Interessante Ornamente schmücken diese Steine, die von einem Volk errichtet wurden, das diesen Archipel vor 8000 Jahren besiedelte.

Die Tempel wurden 1980 von der UNESCO zum Weltkulturerbe ernannt. Abschließend besuchten wir auf der Rückfahrt das malerische Fischerdorf Marsaxlokk auf der Spitze einer Felsenhalbinsel.

Am späten Nachmittag sind wir wieder in Valletta.

Ein Stadtbummel mit der Suche nach einem Lokal für den Abend steht an. Vom Busparkplatz schlendern wir Richtung St. John´s Cathedral.

Der Weg führt über die Piazza Jean de Vallett, der Name des Mannes, dem die Stadt ihren schachbrettartigen Grundriss verdankt und nach dem sie benannt wurde. In der Merchant Street finden wir dann, was wir suchen.

Das Restaurant LE MER.
In einem kleinen Gewölbekeller empfängt uns ein sehr freundlicher Wirt. Fünf Sterne zieren die Speisekarte.
Wir sind überrascht: mediterran, indisch und orientalisch präsentiert sich die Küche. Aber auch typisch maltesisch. Das ist es, was wir suchen. Die maltesische Küche hat viel gemeinsam mit der italienischen und griechischen.
Ich bestelle als Vorspeise einen Gbejna, einen kleinen Käse aus Ziegenmilch mit Kapern. Danach natürlich den Nationalfisch „Lampuki", eine Goldmakrele. Als Hauptgang gibt es Oassatas. Das sind Teigtaschen, gefüllt mit Fleisch. Man kann sie aber auch mit Ricotta, Thunfisch, Spinat oder Erbsen gefüllt bestellen. Zum Essen gibt es mal keinen Alkohol. Der Kellner bringt uns einen Kinnie, eine auf Malta hergestellte Limonade aus Bitterorangen und Kräutern, bevorzugt Wermutkraut. Köstlich diese Zusammenstellung. Nur Mike trinkt ein einheimisches Bier, ein „Cisk Lager", traditionell ohne Schaum. Da die Teigtaschen recht scharf gewürzt sind, bestelle ich mir schließlich auch ein Bier. Es wird noch ein schöner Abend. Birgit und Viola machen noch einen Bummel durch die Geschäfte, während wir schon über den morgigen Tag reden. Als sie zurück an unseren Tisch kommen, haben sie eine Geldbörse und diverse Mitbringsel gekauft.
Was erwartet uns morgen in Messina?
Es gibt sicher eine Gegenüberstellung und wir müssen aussagen. Zum Glück ist alles im Logbuch dokumentiert. Ich hatte ja gleich am Anfang einen Verdacht gegen Afrah.
Sie wusste zu viel über mich und ich hatte immer das Gefühl, sie verheimlicht uns etwas. Die größte Enttäuschung aber war Bernd bzw. Herr Weber. Er hat mir über zwei Jahre etwas vorgespielt und ich habe keinen Verdacht geschöpft. Noch kenne ich ja nicht alle Hintergründe, aber das, was passiert ist, reicht mir schon.

Vor einigen Jahren hatte ich mal Probleme mit Mitseglern bzw. einer Crew.
Am ersten Abend eines Törns nach dem Anlegen in Mali Lošinj entpuppte sich ein Mitsegler als gemeiner Störenfried.
Zuerst beleidigte er einen befreundeten Wirt gröblich, dann grölte er durch den Hafen und beleidigte die Einwohner. Nach dem der Hafenmeister ihn verwarnt hatte und er nicht aufhörte, habe ich ihn des Schiffes verwiesen. Er drohte mit seinem Anwalt, aber wir haben die Fahrt ohne ihn fortgesetzt.
Ein anderer Törn stand von vornherein unter keinem guten Stern. Ein Kegelclub brauchte mich für einen Urlaubstörn als Skipper. Nach mehreren heftigen Zwischenfällen wollten sie mich zwingen, nachts bei Sturm in See zu stechen, alle volltrunken. Ich ließ über die deutsche Botschaft die kroatische Polizei ermächtigen, das Schiff zu räumen. Dann segelte ich das 18-Meter-Schiff einhand zurück zum Ausgangshafen.
Beide Male bestand für mich keine unmittelbare Gefahr, diesmal war es anders. Wenn man eine Pistole auf sich gerichtet fühlt, hat man kein Verlangen mehr zu agieren. Dazu kam dann ja noch zu einem späteren Zeitpunkt die Situation in der Rettungsinsel.
In einer Rettungsinsel auf See zu sitzen heißt ja noch nicht, gerettet zu sein. Man ist hilflos, es besteht die Gefahr von Stürmen, der Proviant geht zur Neige. Oder viel schlimmer, das Wasser reicht nicht.
Diese Gauner haben also um sich zu bereichern, den Tod von fünf Menschen billigend in Kauf genommen. Sie haben aber nicht mit der Hilfe der Segler untereinander gerechnet.
Wolfgang und Ute haben einen Teil ihres wohlverdienten Urlaubs geopfert, um uns zu helfen.
Und nun werden wir Afrah und Bernd bald wiedersehen, gut verwahrt. Ich bin auf ihre Aussagen und Beweggründe gespannt.

Haben die so etwas schon öfter gemacht? Haben sie schon andere Crews für ihre räuberischen Ziele missbraucht?
Mit diesen Gedanken sitzen wir in Valletta im Restaurant.
Noch einen eisgekühlten Malteser Aquavit für die Crew, dann bewegen wir uns langsam Richtung Schiff. Es ist noch nicht Mitternacht. Der Verkehr rollt unter der Stadtmauer ungebremst. Die Hafenpromenade ist noch belebt. Wir sitzen am Heck unseres Schiffes und beobachten die flanierenden Pärchen ein bisschen neidisch. Eine Flasche Rotwein steht plötzlich auf dem Cockpit-Tisch. Dankbar schenken wir uns ein. Ein kroatisches Ziveli (Prost) auf die Freundschaft aller Segler. Wenig später ruft uns die Koje, leise, fast schon lasziv. Schuld ist wohl die maltesische Limonade, denn Aquavit und Bier sind wir ja gewöhnt.
Dann ist Nachtruhe.

Der Tag beginnt wie die meisten, wenn wir im Süden unterwegs sind, es wird warm in der Kabine. Viola öffnet das Bulleye und lässt die Sonne herein, aber auch das Geschrei und Gezänk der Möven. Dann gehe ich ans Heck und lasse mir das kühle Wasser aus der Decksdusche über den Körper laufen. So wie der Schweiß der Nacht verschwindet, geht auch meine Müdigkeit über Bord. Nach der Rasur frische Wäsche. Jetzt freue ich mich auf ein ofenwarmes Baguette und einen starken Kaffee. Beides ist zu haben, wenn Viola Backschaft hat.
Ein Stück Käse findet sich noch und das angefangene Glas Honig sowieso. Schon 8 Uhr treffen wir uns auf dem Vordeck.
Es geht wieder auf See.
Kaum haben wir den Grand Harbour im Rücken, werden schon alle Segel gesetzt. Das Schiff nimmt mit leichtem Wiegen Fahrt auf, als freue es sich auch auf Messina und das Ende der Reise. Vielleicht sind wir übermorgen schon wieder in Deutschland.

Vielleicht auch nicht. Die Männer der See haben gelernt, hinter jeden Plan ein Fragezeichen zu setzen.
Der Vormittag verläuft ruhig. Fünf Knoten sind eine gute Reisegeschwindigkeit. Zumal ich unter dem Focksegel liege, im Schatten, mit dem auf und abschwellenden Geräusch der Bugwelle im Ohr. Warum kann das Leben nicht immer so unkompliziert und frei sein?
Die Straße von Messina liegt in der Ferne vor uns.
Jetzt heißt es wieder aufpassen. Das Radargerät ist eingeschaltet, der Funk ebenfalls. Die Ferngläser liegen griffbereit.
Die Mädels wundern sich über diese Vorbereitungen. In der Adria oder dem Meer um Elba ist das nicht notwendig.
Hier aber haben wir die Meerenge von Messina vor uns. Sie ist 32 Kilometer lang und drei Kilometer breit. Zwei Meere treffen sich hier, das Ionische Meer hat eine größere Dichte als das Wasser des Tyrrhenischen Meeres. Dadurch entsteht in der Straße von Messina eine beachtliche Strömung nach Süden, also uns entgegen. Die Strömungen sind so stark, dass ein Strömungskraftwerk errichtet wurde. Von Weitem sieht es aus wie eine sehr große Boje. Es ist der weltweit erste auf der Wasseroberfläche installierte schwimmende Generator. Der Name dieses schwimmenden Etwas ist „Kobold". Da Wind und Strömung aus verschiedenen Richtungen kommen, rechnen wir mit der berüchtigten Kabbelsee.
Aber erst mal machen uns die Thunfischfänger Probleme. Sie sind absolut nicht berechenbar und ändern oft abrupt bei der Verfolgung der Fische ihren Kurs. Dazu kommt der starke Verkehr. Alle fünf Minuten legt eine Fähre ab und kreuzt unseren Kurs. Das zwingt uns zum ständigen Wenden. Trotzdem sind wir am Nachmittag schon ziemlich nahe an Sizilien. Wir nehmen Funkverbindung mit Messina-Tower auf.

Man erwartet uns.
Ich bekomme einen Liegeplatz zugewiesen, deutlich näher an der City. Dann die übliche Frage des Zolls, der Guardia Finanza.
Nein, wir haben nichts zu verzollen.
Da ist schon die vertraute Einfahrt mit den zwei Leuchttürmen, die wir vor nunmehr über drei Wochen hinter uns gelassen hatten.
Als wir dann die Leinen fest machen, ist so etwas wie Traurigkeit spürbar. Das war es wohl mal wieder. Ich mag mir noch gar nicht vorstellen, wieder an Land in das Laufrad, das Stress heißt, zu steigen. Direkt neben uns liegt auch die „Afrah II".
Wenig später kommen zwei Herren in hellgrauen Anzügen, Polizei in Zivil vermuten wir. Da sie gut deutsch sprechen, müssen wir unsere Englisch-Kenntnisse nicht strapazieren. Wir werden gebeten, noch heute aufs Revier zu kommen.
Aber erst noch Coffeetime an Bord.

Dann ziehen wir los.
Das Revier ist ein schmuckloser Zweckbau. Hier sehen wir die Carabinieri erstmals in Uniform. Die Männer am Eingang tragen schwarze Hosen mit einem breiten hellroten Streifen, ein hellblaues Hemd mit einem weißen Ledergurt quer über der Brust und eine Schirmmütze.
Die Carabinieri sind eine Einheit aus Militärischer Gendarmerie und ziviler Polizei. Am Eingangsschild steht: Raggruppamento Operativo Speziale ROS. Das hier ist also eine Sondereinheit zum Kulturgüterschutz gegen organisierte Kriminalität. Wir werden in den Vorraum gebeten und sitzen kurz darauf schon beim angebotenen Espresso. An den Wänden hängen Portraits von Männern in der Uniform der Carabinieri.
Meistens ältere Männer. Dunkle, wettergegerbte Gesichter.

Ein junger Mann in Zivil ruft uns in den Nachbarraum. Auch hier alles zweckmäßig eingerichtet. Ein Beamter ebenfalls in Zivil begrüßt uns herzlich.
Wie war die Überfahrt von Pantelleria? fragt er interessiert.
Routine, antworte ich. Aber über die Zeit am Kvarner kann ich ihnen einiges berichten.
Ich weiß schon fast alles, bremst er mich. Aber später können sie mir einige Fragen beantworten.
Er weiß fast alles? Von wem?

Die Tür geht auf und zwei Carabinieri bringen einen Mann in Handschellen. Bernd, der eigentlich Bernhard Weber heißt.
Ich zucke nochmal kurz zusammen, aber ohne Pistole sieht er aus, wie ich ihn seit zwei Jahren kenne. Ja, er ist es. Danach verlässt die Gruppe wieder den Raum.
Die Tür geht nochmal auf und Afrah betritt den Raum, ohne Begleitung und ohne Handschellen. Sie trägt einen taubengrauen Hosenanzug und kommt direkt auf mich zu. Instinktiv weiche ich zurück.
Afrah bleibt stehen und lacht. Dann sagt sie: Hans, entschuldige bitte, ich möchte mich vorstellen. Mein Name ist Afrah Bonnet, ich bin Professorin für Geschichte des Altertums an der Aix- Marseille-Universität, wie du weißt.
Was du nicht weißt, ich bin auch Beamtin beim ICOP, kurz Interpol genannt, und arbeite für den Kulturgüterschutz. Ich konnte nicht eher eingreifen, da wir die Komplizen und die Hintermänner auch fassen wollten. Das ist uns gelungen. Auch für mich war es nicht ganz ungefährlich, da vor Brindisi ein Komplize von Bernhard Weber zugestiegen ist. Wir haben ihn und den Fahrer des Bootes auch festnehmen können.
Und ich habe die Adresse des Auftraggebers in Übersee.

Also ein voller Erfolg.
Da du und deine Crew maßgeblich zur Ergreifung dieser kriminellen Bande beigetragen habt und wertvolle Kulturgüter des Mittelmeerraumes vor dem Verschwinden in privaten Tresoren bewahrt bleiben, steht euch natürlich die ausgelobte Belohnung zu. Und der versprochene Restlohn.
Das Schiff „Afrah II" ist eine vor Jahren nach einer Straftat beschlagnahmte Yacht. Deshalb die fehlende Motornummer und Zulassung für das Funkgerät. Sie sollte der Verwertung zugeführt werden. Die Behörde hat entschieden, sie euch als Dank zu schenken.
Schock.
Mike, Birgit, Werner und Viola schauen sich ungläubig an. Haben sie richtig gehört?Ihr habt bestimmt noch viel Spaß daran. Und wenn ihr segelt, denkt an Afrah, sagt sie noch.
Ich bin total verwirrt. Morgen nach Deutschland, daraus wird wohl nichts. Afrah sieht mein nicht gerade begeistertes Gesicht und ahnt, warum. Wollen wir uns heute Abend zu einem Abschiedsessen treffen? fragt sie.
Einmal tief durchatmen, dann sagen alle ja. Aber die Diskussion geht richtig los.
Was wollen wir mit einer so großen Yacht?
Wir haben doch keinen Liegeplatz. Und die Yacht muss unterhalten und gepflegt werden.
Denkt ihr noch daran, dass wir immer froh waren, wenn wir das Schiff beim Vercharterer abgegeben haben, ohne Endreinigung?
Andrerseits sparen wir uns die Charterkosten.
Das will alles gut überlegt sein.
Vielleicht sollten wir das Schiff gleich verkaufen?
Nach allem, was wir erlebt haben ? Nein!
Und so geht das weiter.

10

Finale furioso

Am Abend räumen wir unsere Sachen auf das Nachbarschiff, die „Afrah II“. Jeder bezieht wieder seine gewohnte Koje. Auf der Pier vor dem Schiff treffen wir uns mit Afrah.

Ich schlage vor, wieder in das Restaurant „Piero“ in der Via Ghibellina zu gehen. Aber die Crew will etwas anderes: ein Lokal, in dem die Sizilianer sich treffen. Den nächsten Passanten, der nicht wie ein Tourist aussieht, frage ich jetzt. Treffer. Bereitwillig gibt er Auskunft.

Die Trattoria „Al Padrino“ ist sicher das, was ihr sucht, sagt er. Allerdings gut einen Kilometer zu laufen, in der Via Santa Cecilia.

Die Straße zwischen Hafenviertel und Altstadt lässt den Weg kurzweilig erscheinen. Bald schon sehen wir das Schild über dem Eingang.

Aus der offenen Tür dringt lautes Rufen und Sprachgewirr. Kaum haben wir die Türschwelle betreten, kommt der Chef auf uns zugestürzt. Obwohl das Lokal sehr voll ist, alles Sizilianer, bekommen wir sofort einen Tisch. Überaus freundlich begrüßt er uns.
Gleich darauf ruft er lautstark einen Kellner an unseren Tisch und kurz darauf ist eine Runde kleiner Gläser auf dem Weg.
Mangiare? fragt uns der freundliche Mann.
Sehr gern, sage ich. Dann beginnt der Chef alles aufzuzählen, was die Küche hergibt. In diesem Lokal gibt es keine Speisekarte. So dauert es doch eine Weile, bis alle bestellt haben. Faszinierend ist, dass er sich nichts aufschreibt. Er ruft laut zur Küche „Mama" und brüllt dann die Bestellung hinterher. Ich habe sizilianische Antipasti bestellt. Die kleine Platte, die serviert wird, trägt warme und kalte Speisen: Parmigiani, Fischfrikadellen, sizilianische Salami und Gemüse.
Komisch, dass mich das überlaute Diskutieren der Sizilianer nicht stört. Als ich fertig bin, wird sofort die Pasta als Hauptgang serviert. Maccheroni a la Siciliana mit Ricotta on Top. Dazu einen Hauswein. Perfetto! denke ich.
Auch die Crew lehnt sich zufrieden zurück. Genau das haben wir heute gebraucht. Beim zweiten Grappa realisieren wir dann, dass wir eine Yacht besitzen. Afrah übergibt mir die Papiere für die Yacht und wir sprechen noch über dies und das der vergangenen drei Wochen. Viel gäbe es noch zu erfragen, aber es ist hier zu laut.
Was machen wir mit der Yacht?
Segelt sie doch wieder an den Tiber, dort habe ich noch den Liegeplatz für dieses Jahr, schlägt Afrah vor.

Dann sind wir ja nochmal 4 bis 5 Tage unterwegs, denke ich. Aber etwas Besseres fällt mir auch nicht ein.
Als sie dann noch sagt „Der Flug von Rom nach Berlin ist schon gebucht und bezahlt“, bewundere ich sie doch. Ich bedanke mich herzlich im Namen der Crew. Afrah sagt darauf noch, dass wir einen nicht mit Geld zu beziffernden Schatz gerettet haben.
Später haben wir noch eine Urkunde bekommen, gemeinsam unterzeichnet von ROS und Interpol. Und natürlich die Belohnung.
Wir stehen schon an der Tür, als uns der Chef noch einen Grappa bringt. Zum Abschied.
Zum Abschied vom „Al Padrino“ und von Sizilien.
Der Weg zurück zum Schiff ist länger als vorhin am Abend. Als wir uns an der Pier von Afrah verabschieden, versprechen wir, irgendwann mal in Marseille anzulegen. Dann sind wir allein auf dem Schiff und morgen ungeplant wieder auf See.

Das erste Morgengrauen treibt uns aus den Kojen. Der Kaffee schmeckt heute anders. Jetzt realisieren wir erst: Es ist unser Schiff. Schon 07.30 Uhr sind wir fertig zum Auslaufen. Beim Hafenkapitän melde ich uns ab. Ich habe das Gefühl, die Leinen werden heute sorgfältiger aufgeschossen und das Deck gründlicher gereinigt. Das kann aber auch täuschen. Als wir am Leuchtturm Raineri vorbei fahren, werden die Segel gesetzt. Das Meer hat uns wieder. Diesmal geht es nach Norden. Ich habe den Kurs auf Capri abgesetzt. Im Tyrrhenischen Meer herrschen nördliche Winde vor. Nur bei der jetzigen Großwetterlage Ende des Sommers gibt es einen ziemlich stabilen Südwind, den Schirokko. Wir segeln also mit der großen Fock mit Backstagswind, sitzen im Cockpit und versuchen, das Geschehene zu verarbeiten.

Ich mache inzwischen nochmal einen Rundgang durch das Schiff und schaue in die Backskisten.
Da sind ja noch alle Konserven drin und der gute Rotwein. Als ich, wieder an Deck, das den Vieren erzähle, hellt sich die Stimmung auf.
In der Ferne voraus liegt eine der sieben Äolischen Inseln, Ginostra, die Insel mit dem Vulkan Stromboli in Dauertätigkeit.
Das könnten wir uns doch mal aus der Nähe betrachten. Auf der Insel gibt es einen Ort mit 30 Einwohnern und einem kleinen Anleger.

Ganz in der Nähe befindet sich auch die Insel Vulcano mit den Schwefelbädern und die Insel Salina, bekannt durch den Malvasia-Wein. Wir legen also bei Ginostra an. Der Anleger reicht nur für die Fähre oder bis zu drei Yachten aus. Heute ist alles frei.
Durch die ungeschützte Lage ein sehr unruhiger Platz an der einzigen Mole. Aber für einen Blick auf den Vulkan, die Lavafelder und die erstarrte Lava am Strand reicht die Zeit.
Auch noch für die Coffeetime. Dann geht es weiter.

Nun liegt eine weite Strecke offenen Wassers vor uns.
Werner steht am Ruder und beobachtet die See. Bis auf eine entfernt kreuzende Fähre ist das Meer leer. Ab und zu begleiten uns Delphine. Und wir haben ein Luxusproblem. Was macht man mit einer geschenkten Yacht?
Was machen wir mit unserer geschenkten Yacht?
Verkaufen kommt wohl nicht in Frage. Wir haben mit diesem Teil so viel erlebt.
Und außerdem wollen wir im nächsten Jahr wieder segeln. Bisher haben wir uns immer eine Yacht gechartert, die Kosten können wir uns jetzt sparen.
Wie wäre es, wenn wir einen Verein zur Erhaltung der Yacht gründen. Wir sind fünf, mit Wolfgang und Ute sieben. Das reicht zur Vereinsgründung. Den Restlohn zahlen wir aus und die Belohnung kommt in die Vereinskasse. So können wir einige Jahre segeln und das Schiff erhalten.
Eine wirklich gute Idee. Und über den Liegeplatz werden wir uns dann schon einigen.
Zufrieden wenden wir uns wieder dem Meer zu. An Backbord treibt ein größerer Gegenstand. Mike am Ruder ändert leicht den Kurs. Es sieht aus wie ein Behälter. Beim Näherkommen erkennen wir ein Schlauchboot. Ist etwas passiert? Es sieht nicht danach aus. Die Vorleine ist durchgescheuert und dann gerissen. Wahrscheinlich von einer dieser Yachten, die ihr Beiboot hinterher ziehen, was die Vercharterer gar nicht gerne sehen. Es scheint schon länger zu treiben, denn der Boden ist voller Algen.
Mike und Birgit holen sich eine Pütz Wasser und beginnen zu schrubben. Nach einer Stunde sieht das Schlauchboot fast wie neu aus. Das können wir sicher dem Hafenmeister im nächsten Hafen verkaufen. Wieder auf Kurs entscheiden wir uns, die Nacht durchzusegeln.

Der Wind ist günstig, wir kommen gut voran, ohne zu kreuzen. Die Nacht ist sternenklar und man kann noch ohne Hemd im Cockpit sitzen. Werner sitzt am Laptop und macht ein paar Abrechnungen der Finanzen.
Mike ist noch in der Kombüse, er hat uns eine Überraschung versprochen. Birgit liest im Salon Abenteuerromane.
Als ob wir nicht erst vor Kurzem genug Abenteuer hatten. Viola hat sich erbarmt und repariert eine Baumpersennig. Der Riss hat mich schon lange gestört. Bisher hat sich keiner dran gewagt, weil das Segeltuch so steif ist.
Ich liege auf dem Vordeck auf dem Rücken und beobachte den überwältigenden Sternenhimmel. Hier vorn ist es wie in einem Schaukelstuhl, mit der Dünung auf und nieder. Dazu ein leichter warmer Wind. Man schwebt förmlich. In diesem Augenblick kommen mir ein paar Zeilen aus dem Gedicht „Segelschiffe“ von Joachim Ringelnatz in den Sinn. Komplett bekomme ich sie nicht mehr zusammen. Aber dies.

Sie haben das mächtige Meer unterm Bauch
Und über sich Wolken und Sterne.
Sie lassen sich fahren vom himmlischen Hauch
Mit Herrenblick in die Ferne.
Wie das im Wind liegt und sich wiegt,
Tauwebüberspannt durch die Wogen......
Es rauscht wie Freiheit. Es riecht wie Welt.-
Naturgewordene Planken
Sind Segelschiffe.- Ihr Anblick erhellt
Und weitet unsre Gedanken.

Eigentlich wäre es eine dunkle Nacht, denn der Mond ist am Glitzertuch des Himmels noch nicht aufgegangen. Fasziniert beobachte ich ein Meeresleuchten.
Durch das Wasser zieht sich ein leuchtend grünes Band, wie Nordlicht. Es strahlt auf und zieht Richtung Westen.
Könnte es sein, dass ich in dieser verzauberten Nacht eines der Geheimnisse des Meeres sehen darf? Ist es der geheimnisvolle Tanz der Nixen unter der Meeresoberfläche?
Es ist jedenfalls so überirdisch schön, dass ich mir eine Flasche des feurigen sizilianischen Rotweins hole und einfach genieße.
Dann werde ich doch müde, während das Leuchten langsam verblasst. Natürlich weiß ich, dass keine Nixen das Meer mit ihrem magischen Zauber zum Leuchten gebracht haben. Es war die Fähre, die aus Neapel kommend vorbeigefahren ist. Dabei hat sie eine bestimmte Art von Mikroorganismen aufgewirbelt, eine zum Plankton gehörende Art, die bei Berührung lumineszīert.
Ich verdränge die profane Erklärung und trage den Zauber dieser Nacht in meine Träume.
Abrupt werde ich von Mike geweckt. Wachwechsel. Er hat mir einen starken Kaffee und ein Schinkenbrot hingestellt. Wir tauschen uns über die letzten zwei Stunden aus. Eine ruhige Nacht. Der Mond steht jetzt voll am Himmel. Mike geht in die Koje.
Hab ich das mit den Nixen geträumt? Nein, bestimmt nicht.
Ich könnte ja die Delphine fragen, die immer wieder unser Schiff umspielen. Es ist wieder so eine Nacht, die in ihrer Romantik fast unwirklich erscheint. Schon Odysseus kreuzte in diesen Gewässern. In dieser Nacht erwarte ich fast, dass er hier auftaucht.
Dann wird mir wieder bewusst, dass unten im Schiff meine Crew in den Kojen liegt und schläft. Meine Aufgabe ist es, das Schiff in den nächsten zwei Stunden sicher nach Norden zu bringen, bis Werner mich ablöst.

Ich werde ihm nichts von den Nixen erzählen.
Er denkt sonst, ich hätte während der Wache geschlafen. Mit dem Glas suche ich den Horizont ab. Nichts zu sehen.
Weit an Steuerbord liegt der Golf von Salerno, 60 km lang und 30 km breit. Halbrund. Voraus liegt Capri.
Noch nicht mal der Lichtschein ist zu sehen. Gut dass die Mädels nicht wissen, dass wir an Capri vorbei segeln. Sie wollten so gerne mal hier bummeln gehen.
Das wunderschöne Capri träumt mitten im blauen Wasser vor sich hin und öffnet das Tor zur Amalfi-Küste, der schönsten Küste des Mittelmeeres. Sie ist weitläufig und bizarr. Zwischen schroffen Felsen schmiegen sich kleine Ortschaften an die Hänge. Das alles sehe ich im Dunkel leider nicht, nicht mal aus der Ferne.
Dafür legen wir heute Mittag in Ischia an. Auch sehr schön. Und bald dämmert der Morgen.
Ein strahlend schöner Morgen. Der Wind haucht immer noch mit 4 Windstärken aus Süd. Ich nehme das Großsegel weg und nur die Genuafock bleibt stehen. So werden wir gewollt langsamer.
Der Autopilot hält uns auf Kurs, während ich das Frühstück vorbereite. Es wird wieder unser Skipper-Frühstück, Ei auf Schinken gebraten mit Toast. Natürlich auch Honig und Konfitüre zum Kaffee.
Als ich die Crew wecke, gibt es beim Anblick der gedeckten Back ein großes Hallo. Bald sitzen wir alle am Tisch und genießen.

Ab und zu schaue ich mal an Deck nach dem Rechten, keine Schifffahrt zu sehen. Wir sind jetzt schon in der Bucht von Neapel. Mächtig thront der Vesuv über der fernen Metropole. Wir werden nicht viel davon sehen, doch alle kennen den Spruch:
Vedere Napoli e poi morire! -Neapel sehen und sterben!

Bald wird Ischia in Sicht kommen, und natürlich auch die ersten Fähren. Wir kommen von Süden, werden also an Backbord zuerst Ischia-Ponte sehen.

Die Altstadt mit dem vorgelagerten Felsen und dem Castello Aragonese. Der See davor soll ein Vulkankrater sein und der Felsen durch Lavastau entstanden. Die ganze Insel ist vulkanischen Ursprungs.

Der letzte Ausbruch datiert auf das Jahr 1301.

Castello Aragonese Ischia-Ponte

Das Kastell ist das Wahrzeichen der Insel und erster Blickfang. Die erste Befestigung wurde 474 v.Chr. von den Griechen errichtet und 326 v.Chr. von den Römern besetzt.

Die alte Aragonier Burg auf einem schwarzen Trachytfelsen war bis zum 5. Jahrhundert byzantinischer Militärstützpunkt. Sie haben alle die Insel erobert, die Etrusker, Parthenopaier, die Westgoten, Vandalen, Araber, Normannen, Hohenstaufen und Anjou. Die heutige Form geht auf das Jahr 1441 und Alfons von Aragonien zurück.

Um 1700 beherbergte die Festung 1892 Familien.
1851 wurde sie dann von den Bourbonen zum Gefängnis umgewandelt.
Die Sicht von der Festung ist einmalig und absolut lohnenswert.
Nach Osten der Golf von Neapel und zur Insel hin der Ortsteil Ponte mit kleinen Gassen, alten Häusern, vielen kleinen Läden und Kunstgalerien, eher beschaulich.
Wir sind jetzt an Bord dabei, das Schiff hafenfein zu machen.
Da ist auch schon das Castello an Backbord. Es grüßt uns hoch oben vom Felsen. Ein imposanter Anblick.
Noch vier Seemeilen bis Ischia-Porto. Der Hafen mit seiner charakteristischen runden Form ist ein riesiger Treffpunkt für Fähren, Schnellboote, Fischerboote und Segelyachten.

Wir wollen am rechten Ufer „Riva Destra" anlegen. Hier hat sich mit einer bunten Reihe von Restaurants und Bars eine hübsche Vergnügungsmeile entwickelt. Birgit und Viola sind begeistert.

Während wir Männer noch das Tauwerk verstauen und die Segel einpacken, sitzen sie im nächsten Cafe bei Espresso und Gelato. Eine halbe Stunde später sind wir auch soweit. Heute mal kein Anlegebier. Bei 30° C setzen wir uns lieber zu den Mädels auf die Terrasse vor dem Cafe und bestellen uns auch einen Eisbecher. Köstlich, dieses italienische Eis. Es war doch bisher eine sehr ruhige Überfahrt. Nur noch ca. 100 Seemeilen bis Rom.
Dann ist unsere Odyssee zu Ende. Aus drei Wochen Urlaub ist unfreiwillig ein ganzer Monat geworden. Aber heute wollen wir erst mal Ischia genießen. Wir bummeln die Via Porto hinauf durch das „Neue" Ischia, danach zum berühmten Lido-Strand und dann weiter nach Nordosten. Hier steht eine der eindrucksvollsten Sehenswürdigkeiten Ischias, die malerische Kirche Santa Maria del Soccorso.

Kirche Santa Maria del Soccorso

Sie war einst Teil eines im 14. Jahrhundert gegründeten Augustinerklosters inmitten von Ländereien.

Diese wurden durch die stets starken Winde an der Ostküste abgetragen und so befindet sich die Kirche heute in einer beeindruckenden Lage direkt über dem Meer in der Bucht von Forio. Sie thront auf imposanten Befestigungsmauern, damit sie nicht abrutscht und bietet einen wundervollen Ausblick auf das Meer und die Insel Ventotene. Wir schauen still aufs Meer.

Es ist Zeit für den Rückweg. Mike drängt, er will nach Hause. Auch die anderen sind in Abschiedsstimmung. Langsam schlendern wir zurück zum Hafen. In der Lungomare Lasolino suchen wir uns an der Anlegestelle ein Plätzchen. Eine Fähre kommt gerade durch die schmale Einfahrt zum Anleger. Wir schauen zu, wie die Leute vom Schiff strömen. Deutlich sind Ischianer und Touristen zu unterscheiden. Die Ischianer sind braungebrannt und gehen langsamer.

Jetzt wollen wir uns noch ein Lokal suchen. Das Laufen macht hungrig. Vielleicht ist es der letzte gemeinsame Abend an Land. In Rom werden wohl alle gleich zurück nach Deutschland starten wollen. Nicht weit von unserer Yacht finden wir das Restaurant „La Baia del Clipper“ in der Via Porto, direkt am Yachthafen. Es ist voll, wie nicht anders zu erwarten. Überwiegend Segler, aus fast allen Erdteilen. Kalle aus Köln vom Nebentisch ist 83 Jahre alt. Er hat schon dreimal mit der Yacht Kap Hoorn umsegelt und hat es nochmal vor. Kalle hat heute seinen spendablen Tag. Ständig kommen Getränke an unseren Tisch. Wir nehmen eine Fischplatte für alle. Neben einer Schüssel Linguine findet die Platte mit Lobster, Vongole, Carpaccio salmone und Schwertfisch gerade noch Platz. Es schmeckt ausgezeichnet. Und die Stimmung wird immer besser.

Ist es unterschwellig das Gefühl zu wissen, bald wieder in das „Hamsterrad“ zu müssen? An einem Tisch wird gesungen, erst in Tischlautstärke. Dann, als die Nebentische mitmachen, dröhnen die schon seit über 200 Jahren gesungenen Shantys in allen Sprachen durch den Raum. Die Segler sind glücklich, das ist ihre Welt. Und die Touries machen mit.
Wer wochenlang auf See war, der möchte an Land gut trinken, gut essen, Menschen kennenlernen und einfach nur feiern. Um Mitternacht singt eine britische Crew: God save the Queen! Und auch hier singen alle mit. Wir halten das durch bis 01.15 Uhr. Finale.
Weit haben wir es ja nicht. Etwa 150 m bis zu unserer Yacht. Direkt davor packt gerade eine Band ihre Instrumente ein. Ein paar spendierte Getränke überzeugen sie, weiter zu spielen. Und wir tanzen auf der Pier, bis nichts mehr geht. Ein letztes Hallo und wir verschwinden in unseren Kojen. Der Hafen wird langsam ruhiger. Auch die Nacht meint es gut. Sanftes Mondlicht über der Bucht von Neapel und ein leichtes Wiegen im Hafenschwell leiten die Tiefschlafphase ein.

Lautes Klopfen an unseren Rumpf weckt mich bei Sonnenaufgang. Verschlafen krabble ich aus der Koje und an Deck.
Da steht Kalle aus Köln, der 83-jährige Caphoornier, und wünscht mir eine gute Nacht. Er ist auf dem Heimweg zu seiner Yacht. Ich hoffe er findet sie auch, in seinem Zustand.
Die Sonne wärmt schon und es ist noch schön ruhig im Hafen. Statt mich wieder hinzulegen, spaziere ich zur Mole mit dem kleinen roten Leuchtturm auf der anderen Seite der Einfahrt.
Auf dem Rückweg steigt mir der Duft frischer Baguettes in die Nase. Eine kleine Panetteria hat schon geöffnet. Ich kaufe ein und trinke einen Espresso im Stehen.

Natürlich freut sich die Crew über die Backwaren, die aus der Tüte lugen.
Ein gemütliches Frühstück eröffnet den Tag.

Dann geht es ganz schnell. Beim Hafenkapitän abmelden und dann raus auf die See, Kurs Rom. Der Wind hat heute Morgen gedreht und etwas aufgefrischt. Nordwest 5 ist hier normal. Wir haben fast zwanzig Stunden am Wind vor uns. An Backbord sehen wir die Casamicciola Therme und den Fähranleger von Bagni achteraus verschwinden. Der Vesuv grüßt noch lange herüber. Hier draußen sehen wir erstmals am Tage die Bucht von Neapel und ihre Wasserverschmutzung durch Plaste-Abfälle. Nachts haben wir das gar nicht gesehen. Ja, das bringt der Massentourismus in den großen Metropolen wie Neapel so mit sich.
Dafür liegen vor uns die fast vom Tourismus vergessenen Pontinischen Inseln Ventone, Santo Stefano, Ponza, Zannone und Palmarola. Zuerst kommt Ventotene in Sicht.
Die beschauliche Insel ist außerhalb Italiens fast unbekannt, obwohl sie nicht weit von Neapel und Rom liegt. Wer Ruhe, Meer und Natur sucht, kann hier herrliche Urlaubstage verbringen.

Wir segeln weiter. Der Wind war wohl nur die Morgenbrise, jetzt ist er wieder sehr moderat, nur noch 3 bis 4 Windstärken und noch 6 Stunden bis zur Insel Ponza. Sie gehört auch zu den Pontinischen Inseln. Ponza besticht durch einen malerischen Hafen, romantische Buchten und herrliche Strände.
Das beliebte Tauchrevier mit einer wunderschönen Unterwasserwelt gilt immer noch als Geheimtipp. Strahlend weiße Tuffsteinfelsen und geheimnisvolle Grotten gibt es zu entdecken. Tuff ist ein vulkanisches Eruptivgestein, aus dem die ganze Insel besteht.

Tuffsteinfelsen der Insel Ponza

Gewaltig wirken die schroffen Felsenküsten der Insel auf uns. Die Strände, die man unterhalb der Häuser sieht, sind über im Mittelalter angelegte Gänge im Gestein erreichbar.

Wir segeln weiter.
Es wird die letzte Nacht auf See sein. Wenn alles gut geht, werden wir gegen acht Uhr früh an der Tiber-Mündung sein. Wir sitzen im Cockpit und lassen zum wiederholten Male die Ereignisse um Bernd und Afrah passieren.
Unsere nächsten gemeinsamen Törns sollen ruhiger werden, das versprechen wir uns. Es wäre doch schön, wiedermal zwei drei Tage bei unseren Freunden in den Häfen Dalmatiens zu verweilen. Dazu müssten wir die Yacht im nächsten Jahr in einen Hafen nach Istrien überführen.
Oder nochmal einen Törn rund Sardinien zu starten. Das wäre ja vom Tiber aus gut zu machen. Jetzt kommt auch der Gedanke, einen Verein zu gründen, wieder zur Sprache. Einen Verein zum Segeln und zur Erhaltung dieser alten Yacht. Da wir ja die erhebliche Summe der Belohnung für die Vereitelung des Raubes von Altertümern bekommen, könnten wir Jugendliche fast unentgeltlich an diesen schönen Sport des Fahrtensegeln heran führen. Das wäre dann noch gemeinnützig.
So reden wir über dies und jenes und sind schon bei der Planung für das nächste Jahr angekommen, als es dunkel wird.
Eine Platte mit Schnittchen, von Viola gemacht, erinnert uns daran, dass wir seit der Coffeetime nichts mehr gegessen haben. Wir haben auch noch eine Kiste des geretteten italienischen Moretti-Bieres im Salon stehen. Das muss noch getrunken werden. Dann beginnen Werner und Birgit schon die Seesäcke zu packen. Ich löse Mike am Ruder ab und er schließt sich den Packenden an. Nebenbei trage ich noch die letzten zwei Stunden im Logbuch nach. Auf See nimmt der Schiffsverkehr zu. Ein deutliches Zeichen, dass wir uns Rom nähern. Mit drei Knoten, ohne rauschende Bugwelle, wird es noch ein paar Stunden dauern. Helle Lichter hintern Heck erregen meine Aufmerksamkeit.

Sicher ein Kreuzfahrer auf dem Weg nach Rom. Als Überholer müsste er uns auf dem offenen Meer ausweichen, aber ich lasse es nicht darauf ankommen und ändere den Kurs, zumal von Backbord eine Fähre in Sicht kommt. Diese Schiffe sind fünf bis sechs Mal so schnell wie wir. Da ist Ausweichen das Klügste.
Es kostet uns allerdings fast eine Stunde Zeit. Aber auf See muss man Zeit haben. Werner übernimmt jetzt die Wache. Ich bleibe in Bereitschaft, falls an den Segeln etwas geändert werden muss. So vergeht die Nacht. Wir sehen ein paar Fischer und später noch eine Fähre. Auch ein Segler ist in dieser Nacht unterwegs.
Als sich die erste Helligkeit am östlichen Himmel andeutet und die Zirren den westlichen Himmel ziegelrot färben, koche ich uns einen starken Kaffee. Die Lichtglocke über Rom ist schon deutlich auszumachen. Ich wecke die Crew und wir stehen nun alle am Mast und warten auf das Erscheinen der Sonne. Es dauert noch fast dreißig Minuten, dann lugt sie über die leicht hügelige Küste.
Kurz darauf sind wir am Liegeplatz im Tiber und machen das Schiff fest.

An der Mole uns gegenüber stehen ein Luxusauto und ein kleiner Lieferwagen. Wer wusste von unserer Ankunft? Wurden wir schon erwartet?
Als zwei hochgewachsene Männer mit dunklen Sonnenbrillen den Steg betreten, kommen die Fragen. Ist etwas nicht in Ordnung? Ist das wieder mal der Zoll, Guardia Finanza?
Sie fragen nach dem Skipper.
Ich will ihnen gerne Auskunft geben und will die Schiffspapiere holen. Die sind zwar nicht hundertprozentig in Ordnung, wenn ich an die entfernte Motornummer denke. Aber ich habe ja die Schenkungsurkunde.

Doch die Männer wollen keine Papiere sehen. Der Jüngere gibt mir zu verstehen, dass sie die Rettungsinsel zur Überprüfung mitnehmen müssten.
Der Wunsch lässt sich erfüllen. Wann bekommen wir sie wieder? frage ich. Sobald sie überprüft ist, sagt der andere Beamte und telefoniert. Kurz darauf erscheinen vier Männer auf der Gangway und entern unsere Yacht. Sie versuchen die Rettungsinsel über das Cockpit an Land zu tragen. Es gelingt ihnen nur unter großer Mühe.
Nanu, vier kräftige Männer kriegen 100 Kilo nur mit Mühe in Griff? Und das ist doch gar nicht unsere Rettungsinsel, unsere treibt doch in der Adria.
Was wird hier gespielt? Ehe ich weiter nachdenken kann, höre ich scharfe Kommandos. Unser Schiff ist von Carabinieri umstellt. Die falschen Beamten stehen ohne Deckung vor unserem Schiff. Geistesgegenwärtig stößt Werner die Gangway ins Hafenbecken. Die Fremden geben auf. Als sie in den Polizeiwagen weggefahren werden, sehe ich Afrah in der Mitte der Carabinieri stehen. Sie kommt auf mich zu und gratuliert mir.
Nun hat das Finale auch noch geklappt, sagt sie. Wir konnten uns nicht vorstellen, dass das, was wir vor Sizilien auf dem Schiff gefunden haben, alles sein soll. In Messina wurde die Yacht mehrmals ohne Erfolg durchsucht. Wir hatten das Gefühl, da ist noch etwas. Komm mit und schau es dir selbst an.
Wir gehen zu der auf der Pier liegenden Rettungsinsel. Gerade werden die Hartschalen geöffnet. Im Inneren ist gar keine Rettungsinsel. Den Raum füllen Beutel mit Münzen, Edelsteinen und kleinen Kunstgegenständen aus. Deshalb war das Teil so schwer.
Die Rettungsinsel wurde unterwegs ausgetauscht und mit den geraubten Schätzen gefüllt. Da sie verplombt war, haben wir nicht weiter nachgesehen, erklärt Afrah.

Nachdem ihr in Messina gestartet seid, haben wir euch die ganze Reise beobachtet. Hier haben wir dann den ganzen Schatz und auch die restlichen Halunken bekommen.
Erst jetzt ist das Unternehmen abgeschlossen. Danke und alles Gute für eure Vorhaben.

Fünf Jahre später.
Unser Segel-Verein feiert heute sein fünfjähriges Bestehen. Dreißig Jugendliche und fast zwanzig Mitglieder der ersten Stunde sitzen in festlicher Runde im Vereinszimmer.
Und mittendrin Afrah.

Worte zum Schluss

Ein sehr guter Freund, der sich die Geschichten meiner Erlebnisse auf See zum wiederholten Male während unserer gemeinsamen Törns anhören musste, bat mich schließlich, diese doch aufzuschreiben. Was ich hiermit zum zweiten Mal getan habe. Bereits in „Stormy waters“ haben sich viele der über fünfhundert Mitsegler wiedererkannt und über meine manchmal derben Streiche gelacht. Lustige und traurige Geschichten auf allen europäischen Randmeeren wechseln sich ab.

Im vorliegenden Buch findet sich viel von mir wieder. Die Liebe zum Segeln, der Respekt vor der See und die Romantik. Da die Beteiligten wirklich zur Crew gehörten, musste ich den Bösewicht und die Dame erfinden. Fast alles was passierte, habe ich erlebt, wenn auch auf verschiedenen Törns. Ich danke meinen treuen Mitseglern, die mich als Skipper auf vielen Törns ertragen mussten. Vielleicht nicht zum letzten Mal.

Erklärung seemännischer Ausdrücke

achtern	hinten
Achterleine	Tau, mit dem das Schiff hinten befestigt wird
Aufschießer	Schiff gegen den Wind zum Stehen bringen
Back	Tisch
Backschaft	Tischdienst
Backbord	linke Seite des Schiffes
Besan	Segel am hinteren Mast bei Ketsch u. Yawl
Bora	Sturm aus nordöstlicher Richtung in der Adria
Crew	Schiffsmannschaft
dwars	quer
einpicken	einhaken
Etmal	Strecke von Mittag bis Mittag
Fender	Schutzkörper für die Bordwand
fieren	Lose geben
Fock	Vorsegel
Gangway	Treppe oder Planke vom Schiff zum Land
Genua	großes Vorsegel
Halse	Heck durch den Wind drehen
Halbwind	Wind kommt 90° zur Fahrtrichtung
Knoten	Seemeilen pro Stunde, 1Seemeile = 1852 m
Kreuzsee	Seegang aus verschiedenen Richtungen
Lee	dem Winde abgekehrte Seite
Legerwall	Küste mit auflandigem Wind

Luv	dem Winde zugekehrte Seite
Macchia	Buschwald im mediterranen Klima
Mooring	Kette/ Leine zum Festmachen von Yachten im Hafenbecken
Plicht	offener Sitzraum im hinteren Teil der Yacht
Poller	Pfahl zum festmachen von Schiffen
Pütz	Eimer
reffen	Segel verkleinern
Sundowner	Dämmerschoppen
Schot	Tau zum Handhaben der Segel
schwoien	sich (vor Anker) drehen
Staff	hier: Hafenpersonal
Trysegel	dreieckiges Sturmsegel
Wanten	seitliche Mastabstützungen

„Stormy Waters"

Kuriose und ernste Geschichten aus dem Logbuch

Ein Episodenbuch über die Erlebnisse auf fast 40.000 Seemeilen des Autors und lustige Begebenheiten als Prüfer für Sportbootführerscheine.
Erschienen im Dezember 2015.

www.ingramcontent.com/pod-product-compliance
Ingram Content Group UK Ltd.
Pitfield, Milton Keynes, MK11 3LW, UK
UKHW040025200726
13854UKWH00001B/367

9 783839 188408